Youp van 't Hek
Ware woorden

2010
Uitgeverij Thomas Rap

Voor Debby

Inhoud

Waar voorwoord

De inflatie van de column. Elke wijsneus, kletsmajoor, rondemiss, to*b*sporter en mislukte politicus heeft tegenwoordig een stukje in een krant of weekblad. Als lezer worstel je je door zijn, zogenaamd vrolijke gedachten. Niet om door te komen. Kruipend door het zompige lettergrepenmoeras smacht je naar het einde, de zouteloze clou, de uiteindelijk niet te harden pointe. Ondoenlijk. Het ergste zijn de door een ghostwriter bij elkaar geharkte gedachten van de ex-topvoetballer. Een aandoenlijke multimiljonair, die meestal zo dom is dat hij de namen van zijn vriendin en kinderen op zijn lijf heeft laten tatoeëren omdat hij ze niet kan onthouden. Misschien nog erger zijn de omroepmutsen, die stukjes vol kakelen over hun poes die zo eigenwijs is of de puberende dochter die om een scooter zeikt. Nee, in de wereld van de stukjesschrijvende BN'ers is het niet moeilijk om jaren achtereen als eerste te eindigen. Wekelijks tover ik bij mijn, o zo serieuze *NRC*-lezers, een glimlach om hun doorgaans verzuurde mondjes. De meeste van deze bejaarde abonnees vinden mij ei-

genlijk te grof, maar denken: hij heeft wél gelijk. Deze man schrijft ware woorden!
En dat zijn het ook. U treft in dit boekje weer juweeltje na juweeltje. Met de scherpe pen hak ik schitterende spaanders en weinige tegenstanders blijven heel op mijn meedogenloze hakblok. Liegende politici, opgeblazen tv-troelen, rovende bankdirecteuren en al die andere ijdeltuiten worden gewassen en met een bot mes geschoren. Gefileerd is een beter woord in dit geval. Zoals het hoort. Er dient een verwrongen 'au' uit de huizen van mijn slachtoffers te galmen. Pas dan ben ik tevreden. Dol op reputatieschade!
Mijn hoeveelste boekje dit is? Geen idee. Wordt tijd dat ik het ga tatoeëren. Hoeveel er nog komen? Veel. Geen tijd om te stoppen. Het is mijn leven, mijn roeping. Hoe ik het zo lang volhoud? Kwestie van bescheidenheid. Dat zegt uw nederige dienaar

Youp van 't Hek

BN'er onder de scanner

Tokshow is een te eenvoudige woordspeling voor het kakelende kippenhok dat het televisieprogramma *De Tafel van Vijf* is, maar iets anders kan ik echt niet bedenken. Het is wel een schitterend tijdsbeeld. Televisie 2009. Vijf zichzelf serieus nemende dames zijn ingehuurd om dagelijks een uurlang iets te vinden. Van wat? De bosbranden in Californië of het weglopen van Guusje in de Tweede Kamer, dat soort dingen. Wat hun deskundigheid is? Ze zijn vrouw. Dat is de babbelbasis. Mondjes open, lucht laten trillen en uitzenden die handel. Het lijkt een geslaagde parodie van vijf comédiennes, die dit soort vrouwen oprecht haten. Maar dat is het niet. Of ik een advies heb voor dit debacle op *Net5*? Ik zou het geheel meer illustreren. Hoe? Dat de dames tijdens het babbelen iets nuttigs doen. Katja dopt boontjes, Daphne jast wat piepers, Hedy vouwt de was op, Aaf breit sokjes voor de aanstaande baby en die volstrekt onbekende Nederlandse rist wat bessen. Dan hebben ze na het uurtje toch nog iets concreets in handen. Iets waar ze die avond wat aan hebben. Boontjes, aardappelen, opgevouwen wasgoed, een babysokje en een bakje aalbessen. Mooi resultaat na een uurtje kreupel prietpraten. En een goede traditie wordt in ere gehouden. Zo zat half vrouwelijk Nederland twee eeuwen geleden ook aan de keukentafel van de boerderij. De mannen ploegden, melkten en hooiden buiten op het land, terwijl hun vrouwen wat roddelden bij de zacht knetterende houtkachel. Dat roddelen vonden die kerels niet erg, als er maar wel wat te eten op tafel stond als ze moe thuiskwamen. Of dat minimaal de boerenkiel gewassen was.

Als Aaf eenmaal die baby heeft, mag ze het kind wat mij betreft ook in beeld zogen. Gezellig. En dat de andere dames haar dan tussendoor wat adviezen geven. Niet alleen over het kolven van de moedermelk, maar ook over het nachtelijk huilen van de zuigeling, de kleur van de poep in de pamper en de onvermijdelijke buikkrampjes. Als het bij het commerciële *Net5* geen kijkers trekt dan neemt de nationale dementen-omroep MAX het graag over. Alleen krijg je dan wel om de twee dagen die ijdele voorzitter Jan Slagter mee aan tafel. Wat wil die man graag in beeld!

Afgelopen week werd ik overigens heel vrolijk van een melige studentengrap. Een zogenaamde televisieproducent mailde mij met de vraag of ik mee wilde doen aan het medische televisieprogramma *Naar de Kliniek* op RTL 4. Het ging om het onderdeel *Een BN'er onder de scanner!* Mooie *Jiskefet*-achtige titel. Het idee was om een ijdele en populaire kneus, die zelf denkt dat hij redelijk gezond is, onder een scanner te leggen en dat de kijkers dan samen met de dokters zien dat hij of zij een vrolijke hersentumor of niet vermoede galstenen heeft. Fijn idee dat iemand in Emmeloord eerder dan jijzelf ziet dat je blozende endeldarmpoliepen uitbundig bloeien rond je uitgeleefde anus. Ik heb mijn medewerking onmiddellijk toegezegd. Lijkt me zo leuk om mijn voetschimmel aan het volk te tonen. Ik belde het bijgevoegde telefoonnummer om te zien wie van mijn vrienden mij in de maling probeerde te nemen en kwam in contact met een alleraardigste televisiemevrouw, die mij uitlegde dat het absoluut geen grap was en dat het programma al jaren bestaat. Het was dus echt. Er gaan BN'ers met een cameraploeg naar de dokter. Je hoeft in elk geval niet uit te leggen hoe ziek je bent.

Maar het vrolijkst werd ik van het satirische filmpje waarin een aantal mensen zogenaamd toekeek hoe een oude man, die in Hoofddorp met zijn auto in de sloot was beland, verdronk. Beter dan Koot & Bie ooit. Onbedaarlijk geestig. De auto had een gefingeerde aanrijding met een politieauto gehad en lag op zijn kop in het water. Een man filmt de auto, terwijl de rest zich oprecht afvraagt waarom niemand iets doet. Uiteindelijk verzuipt de bejaarde bestuurder. Satire van de allerhoogste orde. Een diepe buiging voor de makers van dit briljante *YouTube*-filmpje.

Verkeersknikkers

Volgens mij werkt Nederland aan de weg. Welke weg? Elke weg. Waar ik rij, loop of fiets zijn wegomleggingen en schuiven mannen met zand. Er komen tunnels, viaducten, bredere snelwegen en bruggen. Het hele land gaat op de schop. En niet alleen het land, ook de dorpen en steden worden aangepakt. Elke kruising wordt een rotonde, fietspaden worden verbreed of juist versmald, rioleringen worden vernieuwd, glasvezelkabels worden getrokken en waar geen parkeerhavens waren, worden parkeerhavens gemaakt. Waar wel parkeerhavens waren, worden ze overigens weggehaald. Braaf volg ik alle omleidingen. Eerst de A, later de B en zo tuf ik regelmatig het hele alfabet af. In Hilversum moest ik onlangs drie keer tanken om van de ene kant naar de andere kant van het dorp te komen. Dat hun burgemeester zijn vak in Amsterdam geleerd heeft mag duidelijk zijn. Daar is het trouwens veruit het ergst. Op onze Amsterdamse zender AT5 is al een aantal jaren een soort weervrouw die braaf vertelt waar je de komende week absoluut niet door kunt. Dit programma

wordt steeds langer en men overweegt om de boel om te draaien. Dat ze gaat vertellen waar wij Amsterdammers nog wel kunnen rijden.
Ik heb besloten om me niet meer te ergeren. Wil ik vanuit mijn huis in het Amsterdamse centrum naar Utrecht, dan rijd ik via de Afsluitdijk. Het is wel om, maar veruit de snelste route. In de laatste twee maanden heb ik drie tomtoms weg moeten gooien. Allemaal doorgebrand. Bij alle drie waren de laatste woorden: 'Blijf de komende veertien dagen op deze rotonde of ga naar een spoorwegovergang en verdwijn met mij onder een intercity!' De stem was hees en wanhopig.
Er is wel iets veranderd. Vroeger stond er bij wegwerkzaamheden een stevig hek, zodat je er niet door kon of een overduidelijk bord dat vertelde waar je heen moest. Die zijn er nog steeds, alleen staan er nu twee verkeersregelaars voor. Hele droeve mannen of vrouwen staan daar te staan. Heb je een vraag dan kun je die stellen, maar in honderd van de honderd gevallen is dat absoluut niet nodig. Niemand vraagt ze dan ook iets. Dus staan ze daar maar in hun fel gekleurde hesjes met op hun rug heel groot het woord VERKEERSREGELAAR. Soms kwaken ze wat in een walkietalkie, maar dat is meer voor de sier. Ze staren vooral desolaat voor zich uit. Af en toe helpen ze een handje. Laatst kwam ik aanfietsen op een punt waar een Amsterdamse straat overging in een soort Sahara en een verkeersregelaar zei ongevraagd: 'U kunt beter afstappen!' Ik was zo blij met dit advies. En het leukste vond ik dat de

ander er bij knikte. Zo'n bevestigende blik van: mijn collega heeft gelijk. Ik vroeg me af of ze om de paar uur van functie wisselen. Dus dat de prater dan gaat knikken en de knikker praten.
Nu ik weer op tournee ben, tuf ik door het hele land en tel ik dagelijks duizenden verkeersregelaars. Mensen die volledig voor joker bij een hek en een paar borden staan. Ze genieten van het zonnetje, kauwen hun kauwgumpje en ijsberen zo nu en dan een stukje.
Of ik ze weg wil hebben? Absoluut niet. Wie ben ik om die mensen hun baantje af te pakken? Ik vind het alleen een beetje tragisch. Dat een land zijn werklozen zo nadrukkelijk neerzet. Al die lieverds aan de rand van die woestijnen. Daarbij zijn ze ook nog in van die opvallende fluorescerende hesjes gestopt. En als ze nou nog op een tuinstoeltje mochten zitten. Nee, ze moeten staan. Staan en kijken. Kijken naar niets. En af en toe knikken. Gewoon openlijk niks doen is zo vernederend. Dat kun je toch veel beter thuis doen?
Ik hoop zo dat ze al een beroepsvereniging hebben. En een website. Een eigen website! En eens per jaar een feestavond. In de RAI. Een paar duizend dansende verkeersregelaars op de muziek van Nick & Simon. Mooie radeloze eenvoud. Als dit geen poëzie is...

Journaalverbijstering

Zes rechters hebben die honkbalknuppelaar en vrouwenbrandmerker op verlof gestuurd. Zes! Dus niet een of andere dronken, seniele, demente ouwe gek die een paar minuten van zijn pensioen verwijderd was en de dossiers al een tijdje niet meer inkeek. Nee, zes. Zes juristen! Afgestudeerde mannen en vrouwen, die met hun toga's midden in de maatschappij staan. Hebben ze erover vergaderd? Wisselden ze mailtjes uit? Hoe zijn ze tot deze wijze beslissing gekomen? Het OM heeft ze meer dan eens gewaarschuwd. Er zitten miljoenen euro's in het onderzoek naar deze levensgevaarlijke man. Soms ben ik na een journaal zo verbijsterd dat ik echt naar de herhaling moet kijken om zeker te weten dat ik het allemaal goed gehoord en gezien heb.

Natuurlijk zijn rechters ook mensen en mensen maken fouten, maar daarom nemen ze dit soort belangrijke beslissingen toch met zijn zessen? Ze gaan toch niet over een uurtje ijs?

Heb last van journaalverbijstering. Dat je je ogen niet gelooft. En je oren helemaal niet. Voorbeeld? Miljard mensen lijden honger, vertelt de journaallezer en toont vlak daarna boze Belgische boeren die drie miljoen liter melk over Gods akker laten lopen. Hoeveel liter? Drie miljoen! Protestactie. Natuurlijk kunnen de Belgische boeren het niet helpen dat een miljard mensen last hebben van rommelmagen en moeten ze opkomen voor hun eigen belang, maar soms komt het allemaal nogal wrang over. Drie miljoen liter is de dagopbrengst van alle koetjes in Wallonië.

Nog een voorbeeld? Het is een aantal ordinaire Rolexen gelukt om het geld van Meeuwis en Borsato erdoorheen te jagen. Dat is heel knap. Die jongens komen ongetwijfeld in het *Guinness Book of Records.* Deze prestatie grenst aan het onmogelijke. Hoeveel geld moet dat wel niet zijn? We hebben in ons land nooit succesvoller artiesten dan Guus en Marco gehad. Hele stadions zongen en deinden avond aan avond met deze mannen mee. Miljoenen cd's gingen over de toonbank. Zoveel geld krijg je niet op in een mensenleven. En toch is het deze managers gelukt.

Als je de geschiedenis van ene Unico Glorie kent, een van deze gewiekste managers van Veronica, Adam Curry, Endemol, HMG, seksindustrieel en belspelletjesoplichter, dan ben je niet verbaasd dat-ie sjoemelt met failliete vennootschappen. Deze gozer krijgt zelfs van Arnhemse rechters nog geen halfuur verlof. Op televisie meldde hij nog hoe erg hij het vond. Het kwam door de recessie! Nog gevoel voor humor ook. En als ik Ajax was, zou ik de nieuwe directeur Rik van den Boog

ook maar een beetje extra controleren. Die cowboy zit namelijk ook in het complot. Ik zou hem niet met het geld van volle stadions om laten gaan. Laat staan met de miljoenen die Suarez binnenkort opbrengt.
Mijn mooiste journaalverbijstering was de aandacht voor de kopvoddentaks van Geert, de Gordon van ons parlement. Zo geestig om te zien hoe de Kamer op hem reageert. Volgens mij lacht die gozer zich drie slagen in de rondte. Ik deed in mijn puberteit op de middelbare school niet anders: de leraren stangen en zeker weten dat ze er met open ogen in zouden tuinen. Verder heb ik met verbazing naar de bazelende Jan Peter gekeken. Wat is er met hem? Of hij heeft een heftige buitenechtelijk relatie met Arie Boomsma en geen idee hoe hij dat aan zijn achterban duidelijk moet maken, of hij zit met zijn hoofd al hoog en breed in Brussel. Maar er is iets. Hij was er duidelijk niet bij. Wel leuk dat je, als hij in beeld was, ook kon genieten van Guusje ter Horst. Ik kan dus niet meer naar haar kijken zonder aan dat bonnetje van die twee haringen te denken. Ten eerste heeft ze aan die visman dat bonnetje gevraagd en ten tweede heeft ze het in de schoenendoos met declaraties gestopt. Wat zal die doos gemeurd hebben. Maar Hollandser kan een minister nooit meer worden. Een schaamteloos bonnetje voor twee haringen! Als ik Marco en Guus was, wist ik het wel: Guusje met onmiddellijke ingang als nieuwe manager!

Kopvoddentaxi

Het is druk in de bar. Druk en gezellig. Op de hoek zit een dronken piloot te pochen over vroeger. Zijn vluchtjes boven zee. Politieke tegenstanders werden zonder pardon en parachute vanuit zijn vliegtuig de zee ingeflikkerd. Maar wel verdoofd. Dat was dan wel weer aardig. Zijn collega's zitten met open mond naar hem te luisteren. Een aangeschoten stewardess zegt dat het verhaal niet nieuw is. Dit vertelt hij al jaren. Iedereen binnen de luchtvaartmaatschappij weet het. Of ze hem niet moet aangeven?

'Ik ben geen dwaze moeder,' zegt ze lodderig en doet voor de grap een servet om haar hoofd. Het gezelschap lacht en de piloot steekt zijn duim op. Dit is wel heel ad rem en geestig.

Of dat kopvod van dat geblondeerde hoofd kan. Het rechtse Kamerlid aan de andere kant van de bar schreeuwt het iets te hard naar de stewardess. Hij herhaalt het woordje kopvod nog zeker drie keer, waarna het gezelschap zegt dat ze hem herkend hebben.

'Daarom applaudisseren jullie passagiers altijd na de

landing. Blij dat ze veilig op de grond zijn!' brult hij door de bar. Het rechtse Kamerlid moet er zelf erg om lachen. Hij maakt ze ook nog uit voor vlieg-tuig en legt de woordspeling uit aan de barkeeper. Deze wil hem overigens niet meer schenken. Ten eerste is het de hoogste tijd en daarbij komt nog dat het rechtse Kamerlid overvol zit
'Ik bepaal zelf wel hoe laat het is en of ik vol zit, weet jij niet. Nederland is vol, ik niet!' Hij wendt zich tot de man naast hem in wie hij een succesvolle zanger herkent.
'U bent toch van *Dromen zijn bedrog, Vandaag is rood* en *Ik ben binnen*?' Het rechtse Kamerlid moet hard lachen, omdat hij weet dat de zanger financieel in zwaar weer zit. Het zijn inderdaad opmerkelijke titels van zijn hitjes. Het Kamerlid biedt de zanger een drankje aan, maar de barkeeper zegt dat hij gaat sluiten. De laatste ronde is geweest.
Het rechtse Kamerlid zegt dat de barkeeper zijn muil moet houden en meldt ook nog dat als hij niet tapt dat hij dat dan zelf zal komen doen. 'Ik ben gespecialiseerd in kopstoten'.
Hij is de enige die lacht en jij brult naar de piloot of die na zijn pensioen niet een vluchtje boven de Noordzee wil maken.
'Ik heb een leuk lijstje passagiers voor je: Femke, Hamertje, Agnes van Kant! Kunnen zo onverdoofd naar de bodem!' De piloot lacht, net als de rest van zijn gezelschap. De stewardess heeft nog steeds het dwaze-

moederdoekje om. Het rechtse Kamerlid vraagt of de piloot en zijn zweefteven nog wat moeten drinken en hij legt aan de barkeeper uit hoe geestig het is om stewardessen zweefteven te noemen. De barkeeper maakt het gezelschap duidelijk dat het nu echt klaar is.
'Als ik in de regering zit – en als het aan het volk ligt, duurt dat niet lang meer – dan gaan alle kroegen vierentwintig uur open. En als een kroegbaas wil sluiten dan geeft die piloot daar je een enkele reis zeebodem!' schreeuwt het rechtse Kamerlid. Behalve de failliete zanger moet iedereen hard lachen. Het rechtse Kamerlid vraagt cynisch of de zanger wat te vieren heeft en deze vertelt dat zijn film ingezonden wordt voor een Oscar. Volgens het rechtse Kamerlid moet daar op gedronken worden. De barkeeper zucht en kijkt alleen maar. Dit pikt het rechtse Kamerlid niet en voor hij het weet staat hij achter de bar. De dwaze moeder geeft even later haar hoofddoekje aan de barkeeper zodat hij zijn bloedlip kan stelpen. De failliete zanger vraagt of hij het voor één keer op mag schrijven. Hij wil wel zes bonnetjes omdat hij meerdere bv's heeft.
'Het voordeel van vliegen is dat je in de lucht nooit wordt aangehouden,' grapt de piloot, die voorstelt te gaan lopen naar de taxistandplaats. Buiten op de stoep wacht Guusje. Of ze toch nog even willen blazen.

Polanski

'Dertien,' giechelde mijn buurmeisje toen ik haar vroeg hoe oud ze was.
'Hoezo?' giebelden haar vriendinnetjes, die het duidelijk een rare vraag vonden. Waarom vraagt die man nou hoe oud ze is? Waarom wil hij dat weten? Ik stond een beetje raar te schutteren voor mijn eigen voordeur. Het was inderdaad een beetje vreemde vraag. Zeker gezien het feit dat ik niet echt veel contact met mijn buurmeisje heb. Ik zie haar soms uit school komen en ze fietst regelmatig met een tennisracket richting een of andere sporthal. En ik zie haar bij de sigarenzaak waar ik mijn kranten haal wel eens kauwgom kopen. Meestal doet ze dat met diezelfde vriendinnen en negen van de tien keer liggen de dames slap van de lach. Slap om niks, zoals het hoort op die leeftijd. Alles is stom en iedereen is gek. Zo denk je als je dertien bent.
Waarom ik het vroeg? Ik wilde een bevestiging. Dat dertien jong is. Erg jong zelfs. Oké, sommigen zijn wat ouder en wijzer op die leeftijd, maar dertien blijft jong. Als je kind die leeftijd heeft zeg je niet: Ga jij maar even

lekker door Europa liften. En alleen op kamers? Nee toch? Om de wereld zeilen? Het lijkt mij niet. Ook niet als je kind een wonderkind is. Maar dit was niet de reden dat ik het vroeg. Ik vroeg het om Polanski, de man die eenendertig jaar geleden seks had met een meisje van die leeftijd. Hij was in de veertig. Vies? Ik vind van wel. Daarbij had hij het kind ook nog eens gedrogeerd. Oké, het is lang geleden dat hij dit geflikt heeft en hij heeft het meisje, dat inmiddels vijfenveertig is, afgekocht en zij wil het liefst dat de zaak niet meer wordt opgerakeld en hij is een briljant cineast en er zitten nogal wat juridische haken en ogen aan en het is de vraag waarom hij nu gearresteerd is en niet eerder en... Ik zie welke kunstenaars en intellectuelen het voor hem opnemen en ik begrijp de commotie. Uiteraard snap ik ook de verontwaardiging. Het is meer dan dertig jaar geleden, de man heeft zich daarna voorbeeldig gedragen en wat is er met de Zwitserse politie om hem juist nu, toen hij onderweg was naar een festival om een belangrijke prijs in ontvangst te nemen, te arresteren? Raar volk, die Zwitsers. Ze eten vies. Heel vies zelfs. Zij zijn de uitvinders van het racletten en de kaasfondue en dan mag je toch stellen dat je het een smerig, smakeloos volk vindt. Als je zonder problemen een badmuts opeet dan is er iets mis. En ze hebben absoluut geen humor. Eén keer per jaar reis ik met mijn familie mee naar een of ander skioord en na een week juich ik dat ik weg mag. Zware uitslag van zoveel beleefdheid. Geen enkel grapje gehoord. Deurbel poetsende vrouwen en straatjes vegende mannen, die je bij vertrek altijd nog een paar honderd Zwitserse franken afhandig maken. Sneeuwbelasting, waterbelasting, vuilnisbelasting, parkeerbelasting, schonelakensbelasting en discotheektaks. En ondertussen beheren ze zonder problemen al jaren het zwarte geld van alle Europeanen. Of het nou van de Italiaanse maffia komt of van Nederlandse criminelen, het maakt ze niks uit. Als ze er maar wat aan verdienen. Ondertussen vergiftigen ze de Rijn met hun farmaceutische rotzooi en als ik morgen lees dat zij de verspreiders van het Mexicaanse-griepvirus in Europa zijn, ben ik niet verbaasd. Als blijkt dat de toch ietwat corrupte Nederlandse viroloog Ab Osterhaus een Zwitser is, ben ik ook niet van slag. Mijn volk is het dus niet en ik snap dan ook dat een groot aantal mensen na de arrestatie van Roman Polanski tekeer gaat. Maar ik moet ook zeggen dat ik schrok toen ik naar mijn dertienjarige buurmeisje keek. Het is jong, heel jong en heel kwetsbaar. Je hebt er met je vieze, vuile, oude mannenhanden van af te blijven. Daarom sluit ik me niet zo klakkeloos bij die protesten aan. Woody Allen wel, maar dat is een ander verhaal.

Partij van de Wat?

De stamelende stuntel Mariëtte Hamer ligt zwaargewond en weerloos op de grond en wacht alleen nog op de definitieve doodsteek. Wie verlost dit aangeschoten stukje wild uit haar lijden? Of wil de partij door met deze vrouw met het charisma van een wankel bijzettafeltje? En tot wanneer? Tot ze nog drie zetels hebben? Ze ligt goed bij de fractie en dat zegt inderdaad alles over de fractie. Komen die lieverds nog wel eens op straat?

Hangen ze nog wel eens avondje in een gewone kroeg? Praten ze nog wel eens met hun buren? Wat is er met die partij, die bij de komende gemeenteraadsverkiezingen in elk geval bij ons in Amsterdam hopelijk volledig wordt weggevaagd, aan de hand? Met dank aan Els Iping, die Amsterdam het imago van een streng gereformeerd gehucht op de Veluwe heeft gegeven. Nog even en alle mannen moeten van haar verplicht zittend plassen. Er is onlangs een soort parlementaire enquête over het debacle van de Noord/Zuidlijn gehouden en toen stonden er zowel bij de commissie als bij de ondervraagden zulke tuttige bloemstukjes op tafel. Toen dacht ik: dat is het dus. Dat is nou precies waar de stad kapot aan gaat. U zult denken: wat hebben bloemstukjes nou met de inhoud van de politiek te maken? Mijn antwoord is: alles. En ik kan het niet uitleggen, maar het gaf een uitstraling van een heel sneu dorp. Geen stad, geen wereldstad en absoluut geen hoofdstad van ons land.

Waarom het mis gaat met de Amsterdamse PvdA? Omdat ze met de verkeerde dingen bezig zijn. Of de bewoners wel of niet hun biertje op de stoep van de kroeg mogen drinken, terwijl daaronder een metrolijn van een paar miljard ligt weg te rotten. Een tunnel die honderden historische panden in de grond laat zakken. De stad is op de Hermitage na totaal museumloos en de taxi's rijden nog steeds alle stadsritjes via Purmerend, omdat ze anders te weinig verdienen. En als dit soort hoofdzaken een stad ondermijnen dan wil niemand een Els Iping die zit te mutsen over de grootte van het reclamelogo op een vlag van de Uitmarkt. We willen woorden en daden.

En die willen we ook van de landelijke PvdA. Als ons verwende kroonprinsje een speeltje in Afrika bouwt dan moet hij als dikste uitkeringstrekker van ons land zijn beveiliging daar zelf betalen. En daar moeten sociaaldemocraten een principezaak van maken. En niet een beetje met die koningsgezinde bibbergereformeerden van het CDA en de ChristenUnie heulen. Dat gaat mis. Dan haken de kiezers massaal af. Die lachen jullie uit. Dat vanaf nu alleen de koningin en haar zoontje op onze kosten mogen vliegen, lijkt me normaal. Maar dat al die nitwitterige Van Vollenhoventjes en andere neefjes en nichtjes jarenlang op onze kosten door het luchtruim hebben gefladderd is toch om je dood te schamen? Dat het paleis van de koningin functioneerde als louche kantoor voor haar zus om de belasting te ontwijken is toch een reden om ze het land uit te flikkeren? Waarom grijpen we niet veel harder in bij die Eftelingfamilie? Jaren hebben we die tegen de maffia aanschurkende Bernhard gedoogd en nu gaan we akkoord dat zijn dochters meewerken aan louche constructies waar zelfs Dirk Scheringa zich voor zou schamen. En als die prinsen van hun moeder houden dan lakken ze een keer per jaar De Groene Draeck zelf. Of ze ritselen een stuk of wat dronken Polen. Daar zit heel Wassenaar vol mee.

Ik wil een PvdA die daartegen ageert en dan geen murmelende Mariëtte, maar een stevige, heldere fractievoorzitter. Een die ik snap en die niet steeds om een of ander breekbaar regeerakkoord heen moet fietsen. En ik wil een Wouter Bos die Gerrit Zalm met onmiddellijke ingang keihard de wacht aanzegt, omdat hij het criminele gedrag van de DSB prima vond. En Gerrit kan ook naar zijn beloofde bonusjes fluiten. Dan weet ik als kiezer waar de partij voor staat. Anders wordt die Wilders veel te groot. Gek hè?

Geitenwollen sokkel

Niemand in Den Haag neemt Edje Nijpels iets kwalijk. Zijn schnabbeltje bij de DSB was een van zijn drieënzeventig baantjes. Zoals hij nu niet snapt waarom hij iets hoogs bij het ABP is, zo begreep hij toen niet waarom hij commissaris bij de DSB was.

Opeens zat hij er. Hij vond de vergaderingen altijd wel gezellig. Dirk was zo'n eenvoudige jongen met zijn blokjes kaas en bitterballen. De DSB was een beetje de SC Heerenveen van de banken. Geen spatje kapsones.

Hoe je aan zo'n baantje komt? Ze noemen elkaar. Zo heeft Ed de naam van Robin weer laten vallen. Die zat financieel even niet lekker in zijn vel en voor hij het wist stond Wognum in zijn tomtom. Toen de chauffeur zei: 'We gaan naar Dirk,' dacht hij in eerste instantie aan de supermarkt. Robin mocht Frank de Grave opvolgen.

Grappig dat Frank in Den Haag Robin ooit opvolgde als staatssecretaris. Kleine wereld noemen we dat. Frank was er door Dirk hoogstpersoonlijk uitgeflikkerd. Scheringa vond de naam De Grave in het bestuur van een ten dode opgeschreven bank niet lekker klinken en daarbij stelde Frankie veel te bijdehante vragen. Zo viel het woord oplichting helemaal verkeerd bij Dirk, die zelf wel bepaalt wat fraude is. Een beetje god duldt geen advies. En het lenen van meer dan 100 miljoen van zijn eigen bank voor zijn hobby's was een privékwestie waar die Frank gewoon niks mee te maken had. Dirk vond hem helemaal een achterbakse gluiperd toen hij hoorde dat hij na zijn ontslag alles bij Nout was gaan klikken. Of Dirk daarna bang was? Als je in Nederland voor iemand niet bang hoeft te zijn is het voor Wellink. Die had het in die tijd overigens veel te druk met de nasleep van de Icesave-affaire, waar hij toen ook al zo magistraal en adequaat bovenop zat. Nout, die zelfs de boekhouding van de plaatselijke tennisclub ooit in het honderd liet lopen, is al jaren het lachertje van de Nederlandse financiële wereld. Niemand neemt hem serieus. Vooral Gerrit windt hem om zijn flippervinger. Zalm zegt altijd: 'Gewoon hard gaan lachen als Nout iets heeft voorgesteld, dan wordt hij vanzelf onzeker en daarna doen we lekker wat we willen!' Toen Zalm doorhad dat het bij Dirk een redelijk criminele bende was, heeft hij wat vriendjes gebeld en die hebben hem bij Bos getipt. Bij de ABN AMRO krijgt hij ook betere bonussen. Bij Dirk kreeg hij principieel niet meer dan een seizoenkaart van AZ en wat tickets voor dat slaapverwekkende schaatsen.

Ondertussen is het voor iedereen een geruststelling dat we door alle banken jarenlang even hard genaaid werden als door Dirk. Politie eropaf? Is ingewikkeld. De AFM mag de namen van de andere vijf oplichters niet noemen. Anders donderen ze allemaal om. Vanochtend onder het scheren zong Gerrit zachtjes: '*Maar liever dat nog dan het bord voor je kop van een Lakeman want daar word je alleen maar slechter van*!' Of Robin een goede financiële regeling getroffen heeft met Dirk? Wat denkt u zelf?

En nu onze held Dirk van zijn geitenwollen sokkel is gevallen? Nu gebeurt er niks. Edje, Robin en Gerrit zwijgen als De Grave. Dit alles onder het aloude motto: als je geschoren wordt, moet je stil blijven zitten. Robin gaat over een tijdje zeggen dat hij binnenskamers wel degelijk gewaarschuwd heeft, maar dat hij verder geen openbare paniek wilde zaaien. Edje geeft binnenkort eerlijk toe dat hij nooit een stuk heeft gelezen, maar dat hij ook niet de indruk had dat dat van hem verwacht werd. Zalm wacht en lacht het onderzoek vrolijk af en weet als doorgewinterde politicus dat het geheugen van de mensen slecht is. Alzheimer is nationale kwaal nummer 1!

Deze week is in de schaduw van al het DSB-rumoer het burgemeesterschap van Tilburg vrijgekomen. Vreeman is namelijk gestruikeld over onze nationale autist Adje. Ruud zweeg in het stadsbelang. Prima baan voor onze Robin dus. Of parkeren we Mariëtte daar?

Onder vier oren

Dus Dirk gaat deze winter naar de voedselbank! Of heeft hij, zoals zijn plaaggeest Pieter Lakeman opperde, nog ergens een kleine vijfenveertig miljoen? Zoveel zal het niet zijn, maar ik denk dat er in een oude geitenwollen sok nog wel wat zit.
Voorlopig zie ik Dirk geen krantenlopen in Spanbroek. En met een daklozenkrant bij de Appie Happie in Medemblik? Zal ook nog wel even duren.
Hoewel het natuurlijk wel romantisch zou zijn. Je bent een weekendje naar Parijs, slentert daar door een van de lange warme metrogangen en opeens zie je hem zitten op de grond, verdrietig hangend tegen een muur vol graffiti: een sterk vermagerde Dirk met gebogen hoofd en opgeheven hand. Je herkent hem eigenlijk alleen aan zijn zachte, verlegen blik. Geen Fransman zal je geloven als je de geschiedenis van deze zwijgende zwerver vertelt.
Las veel boze reacties op het door de ABN Amro leeghalen van Dirks museum. Dat was een schande. Ik heb er niet zo heel veel verstand van, maar hoe deden

de medewerkers van Dirk dat als iemand niet meer aan zijn financiële verplichtingen voldeed? Dan kwam er toch ook een vrachtwagentje om de inboedel in te laden? Moeders moesten toch huilend toezien wat grote mannen namens Dirk kwamen halen? Of mocht je, als je door een van de woekerproducten van DSB failliet was gegaan, een tijdje bij Dirk in de stolpboerderij wonen en kreeg je elke dag een warme maaltijd en een schoon bed van mevrouw Scheringa?
Hoeveel mensen zijn ooit alles aan hem kwijtgeraakt? Daarbij gaat het in dit geval om kunst. Schilderijtjes! Niet bepaald de eerste levensbehoefte van de hongerige mens. De kunstwerkjes staan voorlopig in een bezemkast bij ome Gerrit Zalm. Ik zag in *het journaal* mensen wanhopig boze teksten op de lege museummuren krabbelen en dacht alleen maar: doe maar rustig. Niet zo emotioneel. Het was de uit de hand gelopen hobby van een megalomane politieagent.
Zag ook een zingend AZ-stadion. De aanhang bedankte Dirk voor de jarenlange steun. Ik denk dat een paar supporters, die mede door een wurglening hun seizoenkaart nog amper kunnen dokken, stil gezwegen hebben.
Wat leven we toch in een wondere wereld, dacht ik toen ik het personeel van de Wognumse woekeraar op het faillissement zag reageren. Niemand die excuses aanbood omdat ze de klanten jaren genaaid hadden. Terwijl de meeste werknemers toch echt wel wis-

ten hoe rot de vork in de steel zat. Ik hoorde vooral: de andere banken deden het ook! Dat lijkt me inderdaad een mooie reden om te frauderen.
Ik begrijp dat Dirk een boek gaat schrijven. Zal ongetwijfeld een heroïsch werkje worden. Misschien is het een idee om Louis van Gaal als ghostwriter te vragen. Louis heeft nogal een bescheiden pen en is zeer karig met het woordje ik.
En Dirk gaat in het lezingencircuit. Uurtje babbelen voor de Ondernemerskring Dokkum of de Ronde Tafel van Oosterhout. Vrees dat zijn gehoor zal kwijlen van bewondering. Als je op zo'n hoog niveau gefraudeerd hebt dan dwing je bij dat soort bange burgermannetjes respect af. Datzelfde volk tackelt een winkeldief bij de C1000 om hem met veel bombarie aan de politie te overhandigen. Wat zal zo'n lezing kosten? Zal ik hem kunnen betalen?
Wat mijn plan is? Ik boek Dirk een middag en zit als enige in het zaaltje. Zonder journaille, zonder camera's en zonder Lakeman. Gewoon twee mannen die met elkaar onder vier oren praten. En wat ik dan wil weten? Alles. Hoe zoiets gaat in het leven van een ooit doodnormale Wognumse jongen. Wanneer was hij zijn normalemensengrenzen gaan verleggen? Waarom had hij op het eind alleen nog maar domme jaknikkers om zich heen? Wie zag hij de laatste jaren als hij voor de spiegel stond? Op welk moment dacht hij: ik vraag die draaikonterige Robin Linschoten? Werd hij door zijn kinderen nog wel eens gezond uitgela-

chen? Dat soort vragen. Volgens mij wordt dat een heel gezellig uurtje. Voor mij zeker en voor Dirk helemaal.

We zullen doorgaan

There's no business like showbusiness en *the show must go on* zijn van die achterhaalde clichés die in 2009 nogal oubollig overkomen. In mijn wereldje kunnen wat oudere acteurs na een paar glaasjes nog wel eens losbranden over heroïeke prestaties. 'Ondanks het feit dat ik vijfenveertig graden koorts had en die ochtend mijn vrouw ter aarde had besteld, stond ik er toch maar. Ik moest, ik had geen keus. Anders ging zowel de producent als ikzelf failliet!' Dat soort geneuzel. Die verhalen gaan bij mij niet eens het ene oor in, laat staan het andere uit. Geen tijd voor dit soort muffe kroegpraatjes.
Er zijn ook leuke verhalen. In het seizoen 1986-1987 speelde ik met de acteur Onno Molenkamp in het door mijzelf geschreven *Tunnel Zonder Vluchtstrook* en Onno, die toen officieel al gepensioneerd was, stond stijf van de goeie anekdotes. Korte verhalen uit zijn veertigjarige toneelcarrière. Verhalen met een kop, een staart en voldoende drama voor een stevige lach. Meestal glorieerden Ko van Dijk, Paul Steenbergen en andere grote acteurs in deze verhalen, maar het kon ook gaan

over gietijzeren toneelmeesters of tragische recensenten. In de meeste verhalen speelde de buitenechtelijke liefde een hoofdrol. Avond aan avond vrat ik ze hongerig en gulzig en aan het eind van het seizoen was ik nóg niet verzadigd. Als ik geen andere plannen had, had ik jaren met Onno door willen spelen. Alleen al om de verhalen.

De anekdotes over Ramses Shaffy waren prachtig, zij het dat ze stuk voor stuk nogal destructief waren. In elk verhaal was hij stomdronken. Of hij kwam twee uur te laat in een theater of hij liep in de pauze de Maastrichtse schouwburg uit en nam de trein naar Amsterdam of hij pakte een privévliegtuig naar Eelde, omdat hij anders te laat in de Groningse Stadsschouwburg zou zijn en nam ook nog eens twaalf stomdronken stamgasten van het Amsterdamse café De Gelaghkamer mee of...

De meeste van deze verhalen kende ik al, omdat mijn toenmalige impresario Lou Veltmeijer een tournee met Ramses had georganiseerd en eigenlijk was de totale winst opgegaan aan drankrekeningen en taxiritten. Parijs heen en weer was geen uitzondering. Mooie verhalen, maar je hoorde tussen de regels door hoe de excentrieke artiest afbladderde en langzaam maar zeer zeker richting de goot kroop. Dat Ramses een uitzonderlijk wereldtalent was, dat zijn liedjes van onschatbare waarde zijn en dat de generatie van mijn kinderen ze uit hun jonge hoofden kennen, staat buiten kijf. Ramses is in de Nederlandse showbizz hors concours. Maar het is al wel een jaar of twintig klaar. Hartstikke

klaar. Hij hangt ergens in de buurt van Artis en zit hele dagen buiten te roken en te drinken voor een pizzeria. Even verderop ligt het verpleeghuis waar hij tegenwoordig woont. Er komt geen stom woord meer uit. Of het zielig is? Ja, dat is hartstikke zielig.
En als iemand zielig is, dan moet je hem in zijn waarde laten. Dan moet je de herinneringen aan zijn gloriejaren koesteren en de man, die zich bijna niets meer kan herinneren, lekker laten mijmeren. Dan klopt het niet als je hem nog naar een zaaltje zeult om hem een dvd met zijn werk in ontvangst te laten nemen. Dan wordt het aapje kijken. Zoiets is gênant. En afgelopen week gebeurde dat met de aardige Ramses, die op zijn Hollands gezegd volledig ontoerekeningsvatbaar is. Hij werd een zaaltje in gesleept, daar stond wat verwrongen showbizzspul om hem heen, hij kreeg een microfoon in zijn handen en hij murmelde twee onverstaanbare woorden. Het was zielig. Meer dan zielig zelfs. En als dat volk echt van Ramses hield, zoals ze stuk voor stuk voor een microfoon stonden te blaten, hadden ze hem dit niet aangedaan. Dan hadden ze respect getoond voor deze icoon en hem niet aan zijn doordrenkte pamper voor de camera's gesleept. Soms bereik je een grens. Een overduidelijke grens. En dan kijk je elkaar aan en zeg je niks, maar keer je om. Uit respect voor de ooit zo grote Ramses Shaffy.

Stad en landje

Terwijl haar onderdanen in de rij stonden voor een prik tegen de Mexicaanse griep doolde de koningin door het land van herkomst van deze ziekte, alwaar haar zoon zich historisch versprak. Hij zei iets heel hoerigs en ik durf te wedden dat dit filmpje nog jaren via *YouTube* de wereld over gaat. Eventjes weer meer kreunprins dan kroonprins. Altijd geestig als een hoogwaardigheidsbekleder zich verspreekt en als het ook nog dubbelzinnig is, is het helemaal goed. Raar dat zo'n jongen zo'n lullig toespraakje niet even op zijn hotelkamer op zijn Spaanstalige echtgenote uitprobeert. Of zal hij dat gedaan hebben en was dit een grapje van Máxima? Dat ze de koninklijke poppenkast helemaal beu is en zin had in een gezond beetje leven in de brouwerij. Even lachen om de onzin.

Je bent kroonprinses van een landje dat minder inwoners heeft dan de stad die je bezoekt en je ziet aan de burgemeester dat hij je weliswaar intensief gegoogeld heeft, maar dat hij eigenlijk nog steeds geen idee heeft wie hij voor zich heeft. Als je weg bent, is hij je vergeten.

Onderhand hangen je man en je schoonmoeder de hele dag aan de lijn met de RVD omdat de *Quote* zich tweehonderd miljoen vergist heeft en zelf zit je uren met de Ikea-catalogus op schoot omdat je gordijnen voor je nieuwe stacaravan in Mozambique moet uitzoeken. Achter je loopt de minister van Buitenlandse Zaken je heel burgerlijk om de haverklap te fotograferen met zijn telefoon en die foto's twittert hij naar zijn vrienden. Net als dat hij zijn aanhang om het kwartier vertelt wat je eet, wat je drinkt, wat je laat staan en hoe vaak je naar het toilet gaat. Tussendoor belt hij met partijgenoten over de politieke situatie in het land. De premier heeft net als de minister van Financiën geen trek in de Kamerdebatten over de AOW en de oppositiepartijen maken elkaar uit voor alles wat lelijk is. Wilders is beledigd dat hij door Pechtold extreem rechts genoemd is. Hij vindt zichzelf namelijk nog veel rechtser. Maxime Verhagen vraagt zich ondertussen af hoe hij Wilders aan een Mexicaan moet uitleggen. Hoe vertel je zonder lachen dat deze populaire politicus zich serieus bezighoudt met een liedje van *Kinderen voor Kinderen* van zestien jaar geleden, omdat daar een aantal keren *Allah Akbar* in gezongen wordt? Leg dat maar eens uit. Trix is boos omdat er is uitgelekt dat haar vader al veel eerder lid was van een *zweefliegclub* dan Juliana en al ver voor Greet Hofmans een vreemdsoortige wierookstokjeszwaaier via de achterdeur Paleis Soestdijk binnen had geloodst. Christina belt paniekerig naar Mexico omdat het bankgeheim in Liechtenstein wordt opgeheven. Daar heeft zij haar via Guernsey weggesluisde miljoenen gestald en zij heeft geen zin dat die worden opgespoord door een iets te moralistische staatssecretaris. Wel leuk dat de man die op het zwarte geld van de rijken jaagt De Jager heet. Het zijn in het geval van Christina oude steekpenningen die Bernhard aan haar heeft nagelaten. Onderhand hoort Máxima dat SBS en RTL schuld hebben bekend in de zaak rond de belspelletjes door hun illegaal verkregen woekerwinst terug te betalen. Gelukkig heeft hoofdverdachte Fons van Westerloo werk gevonden bij *Wakker Nederland* van de o zo nette *Telegraaf* en daar zal hij pleiten voor meer fatsoen op de Nederlandse televisie. Op het moment dat Máxima de straalverbinding met Nederland wil gebruiken om de prinsesjes welterusten te zeggen moet ze even wachten omdat deze gebruikt wordt door royaltyjournalist Peter van der Vorst, die *live* in *RTL Boulevard* een ruzie bijlegt met zijn roddelcollegaatje Albert Verlinde. Ze hebben elkaar vorige week op de redactie met hun handtasjes gemept. Máxima kijkt op afstand toe en weet dat Nederland dusdanig geëmancipeerd is dat je om dit soort valse nichtenruzies niet mag lachen. Maar ze kan het nu echt niet helpen.

Wat een schoolreisje, denkt ze en weet niet of ze heel hard een boer of een windje wil laten. Het liefst allebei tegelijk.

Computerhooligans

Dus dit seizoen toch nog een mooie prijs voor AZ. Als eerste ingeënt tegen de Mexicaanse griep! Gefeliciteerd. Illegaal verkregen vaccins weliswaar, maar een kniesoor die daar op let. Sjoemelen hoort bij topsport. Ard en Keessie rommelden al bij de loting. Hoeveel bejaarde patiënten in de praktijk van de Alkmaarse clubarts zullen overlijden omdat hij hun prikjes illegaal verkocht heeft aan de huidige landskampioen? Lijkt me ook wel weer mooi: sterven voor je voetbalclub omdat de spits jouw griepprik heeft gekregen! Als dat geen liefde is. Je club die alsnog kampioen wordt omdat het elftal krachtig en fier op het veld staat, terwijl de rest van de eredivisie onder de wol ligt te rillen van de koorts. Griep kan ook lekker zijn. Dan denk ik aan de speler van RKC die zich twee dagen landskampioen ijlt. Of aan de vele penningmeesters die even klapperen dat hun club financieel gezond is.

Ondertussen zijn alle huisartsen de wanhoop nabij. Ze worden overspoeld door duizenden telefoontjes met griepprikvragen. De twaalfjarige Jaap doet volgende maand mee aan de Sallandse handbalkampioenschappen voor de jeugd tot twaalf jaar en het zou zonde zijn als hij juist dan geveld is door de Mexicaanse griep. Daarbij verdedigt Jaap met zijn team de felbegeerde titel en is het handballen volgens de gezinscoach voor de kleine Jaap een wezenlijk stukje van zijn identiteit. Nu is de vraag van de familie aan de huisarts of Jaap het vaccin van zijn demente oma mag gebruiken. Oma verlangt al jaren naar een fataal griepje. Dus die vindt het vast wel goed.

In een café ving ik deze week een gesprek op tussen wat aanhangers van een bepaalde politieke beweging. Zij vroegen zich af of het niet beter zou zijn als islamieten niet gevaccineerd zouden worden. Het was grappig bedoeld, maar je proefde de bittere kern. Dronken mensen lallen graag hun waarheid. Een ander bartype zei dat dit een zinloos idee was, omdat die Marokkanen de prikken dan toch wel zouden jatten. Er werd gebulderd en men vroeg waarom ik niet lachte. Zij lachten toch ook wel eens om mij? Ik probeerde uit te leggen dat het niet-lachen een vorm van vrijheid van meningsuiting is en dat het absoluut niet demoniserend bedoeld was. Ik zou nog wel van ze horen. Hoe? Anoniem. Dat soort dreigen is hun lust en hun leven. Ze legden me uit hoe je dat doet: je zet een capuchon op je pokdalige vinexkop en begint dan schuimbekkend je haat te tikken. Iemand moet dood. Hartstikke dood. En als je in plaats van dood *deaudt* schrijft dan zit je goed. Het is heerlijk en vooral een enorme opluchting om iemand digitaal de kanker aan zijn hart te wensen. En een niet uit te leggen sensatie om je woorden terug te lezen op de een of andere schimmige site. Je schrijft dat iemand *deaudt* moet en dat wordt dan door heel veel gelijksoortig spul gezien. Dat geeft zo'n vette kick. Je scheldt, dus je bestaat.

Zal onze kroonprins hiervan wel eens wakker liggen? Van het feit dat zijn volk compleet de weg kwijt is. Dat we elkaar allemaal het verschrikkelijkste toewensen. En het liefst zo anoniem mogelijk. Dat we ieder weekend massaal dronken zijn en elkaar in de uitgaanscentra volledig naar het leven staan. Althans het deel dat nog kan lopen. Een aantal is 's middags op het voetbalveld al doormidden geschopt. Ik vraag dit omdat ik begreep dat onze toekomstige koning Willem nog wel eens wakker ligt van een paar hectare vakantievreugd in Mozambique. Als je dan toch wakker ligt, is het misschien een idee om ook even aan je volk te denken. Dat je koning wordt van onderdanen die totaal in de war raken van een lullige griepprik. Die ook willen weten hoe het met de huisdieren zit. En met Patricia Paay. Die gaat rimpelbloot in de *Playboy*. Als zij maar geen kou vat tijdens de fotosessie. Daar heb ik mijn huisarts over gebeld. Maar hij stelde me meer dan gerust. Ze valt onder de bejaarden.

Met spoed een spoeddebat

Die Arend Jan Boekestijn vind ik wel een vrolijk soort corpsbal. Zo'n type dat ze op de hockeyclub elke zondagmiddag als laatste het clubhuis uit moeten dweilen. Maakt niet uit of hij gewonnen of verloren heeft.

Hij maakt altijd van die vrolijke uitglijers. Zo twitterde hij een keer spleetogen in plaats van Chinezen. Hij bood onmiddellijk zijn excuses aan, maar je zag dat hij dat niet meende. Hij deed dat omdat het moest van de partij, in zijn ogen zag je dat hij het ophef om niks vond. In zijn periferie wordt een Chinees altijd een spleetoog genoemd. Dat is kakkersjargon pur sang.

Daarna ging hij op zijn chique gezicht, omdat hij Rutte een gebrek aan ideeën verweet. Hij zei dat op een moment waarop hij niet wist dat het gesprek werd opgenomen. Weer bood hij zijn excuses aan en weer zag je dat het moest. Hij loog dat hij het niet zo bedoeld had. Natuurlijk had hij het wel zo bedoeld en hij had ook groot gelijk. Die saaie Rutte heeft geen ideeën.

En nu is Arend Jan definitief gestruikeld omdat hij uit het paleis geklapt heeft. De afspraak is dat onze Kamerleden niks mogen zeggen en hij had zich daaraan moeten houden. Anders moet je niet meegaan. Interessant is dat het overgroot deel van ons parlement akkoord gaat met deze middeleeuwse regel. Ach, ze zijn al blij dat ze het paleis een keer van binnen mogen zien. Terwijl de vorstin praat, vragen zij zich af wat er achter die dichte kastdeuren zit. De boekhouding van Christina? Mabelgate? Haar illegale zoektocht naar het doen en laten van Edwin? De strapatsen van haar corrupte vader? Het smerige verleden van de oude Zorreguieta? Het zijn een hoop goed afgesloten kasten waar niet te veel mensen in mogen snuffelen. En onderhand moeten ze naar haar praatjes luisteren en mogen ze het arme mens niet citeren.

Wel leuk dat die hockeybal Boekestijn dat wel gedaan heeft. Want dan hoor je wat de koningin zoal vertelt. Ze had het over de hypecultuur op het Binnenhof en dat de Kamerleden te snel een spoeddebat aanvragen. Ik zou daar als democratisch gekozen parlementslid onmiddellijk een spoeddebat over aanvragen. Ik zou de minister-president vragen of hij deze mevrouw onmiddellijk tot de orde wil roepen. Omdat zij zaagt aan de wortels van de democratie. Zij moet zich helemaal niet met het parlement bemoeien. Het is de bedoeling dat het parlement zich met de regering, dus met haar, bemoeit. Ze moet stilzwijgend afwachten wat wij van haar doen en laten vinden en niet zo'n grote mond hebben. Rustig afwachten wat de Kamer doet. Dat is een democratie. En spoeddebatten horen daarbij!

Hoe langer ik die familie op onze kosten zie modderen, hoe vaker ik denk: waarom stoppen we er niet mee? Het is toch totaal achterhaalde poppenkast?
Nu moeten onze kroonprins en zijn vrouw hun stacaravan in Mozambique weer van de hand doen. Zielig voor die club communicatieadviseurs, die alles wat krom was recht moesten lullen. Onbegonnen werk. Gisterochtend las ik dat Alex begonnen was met vier stukjes grond. Nog even en hij krijgt die vastgoedmaffioos Jan van V. en de fijnzinnige Harry Mens als buren, dacht ik nippend aan mijn koffie. Mij verbaast echt niks meer.
En het is natuurlijk zielig voor de bewoners van dat schiereiland, die van alles van onze koninklijke familie zouden krijgen. Schooltjes, winkels en een vliegveld, zodat de hongernegertjes ook eens wat vaker weg konden. Dat lopen ze nu allemaal mis.
Als Trix binnenkort aftreedt, waarom stoppen we dan niet met die achterhaalde poespas? Waarom bedanken Willem-Alexander en zijn vrouw niet vriendelijk voor de eer? Dat ze zeggen dat het toch ronduit debiel is dat zij op hun leeftijd niet eens een vakantiehuisje kunnen aanschaffen zonder verantwoording af te leggen aan de regering, die weer gecontroleerd wordt door het parlement dat zich weer het zwijgen laat opleggen door zijn moeder. We zijn ziek. Hartstikke ziek en knettergek.

Pauw-pauw

Dus je hebt geld betaald aan advocaat Bartels omdat hij jouw claim tegen Dirk zou behandelen en nou is hij failliet! Misschien komt er een snelle jongen die jouw claim tegen advocatenkantoor Bartels wil behandelen. En als dat advocatenkantoor failliet gaat, komt er weer een of andere Porscheboy, die die claim tegen dat kantoor gaat uitvoeren. Tot ook hij stuk is. Dan biedt een Maseratigozer zich aan om je te helpen met een claim tegen de Porscheboy. Enzovoort, enzovoort. Het nieuwe wilde Westen. Steeds meer cowboys op de prairie. En er wordt steeds vaker geschoten. Misgeschoten. Mis met losse flodders. Eigenlijk zijn het lieve jongens, die alleen maar heel hard pauw-pauw roepen.

Ondertussen klinkt het hol in de huizen van Scheringa. Heel erg hol zelfs. Er hangt bijna niks meer aan de muur. De bank heeft alles opgehaald. Ik vrees dat Dirk de komende weken iets aan de akoestiek moet doen. Zal een grote kerstboom helpen? Grappig dat de Vereniging van Effectenbezitters vernietigend heeft gewonnen in de al jaren slepende World Online-zaak en

dat ABN Amro zijn inmiddels karige kippenborstje nat mag gaan maken. De zojuist door Bos gestorte miljarden zouden wel eens de kant van de gedupeerde WOL-beleggers op kunnen vloeien. Leuk klusje voor Zalm. Kan hij er wel bij hebben! Of hoeft hij dat niet meer te doen? Ligt hij er deze week al uit? Wat heeft de bijna lege ABN Amro de slachtoffers van Nina's hebzucht eigenlijk te bieden? Een kunstdingetje uit de boeiende collectie van Dirk? Zou wel mooi symbolisch zijn! Magisch realisme heet dat toch?
Over Nina zelf ga ik lekker niks zeggen, terwijl mijn mond natuurlijk jeukt. Wat zou ik haar graag een oplichter noemen. Doe ik niet, want voor je het weet heb je een proces van haar en haar breekijzertje aan je broek. Uiteindelijk win je dat wel, maar ik vind het zonde van mijn tijd, dus van mijn leven. Je zal met dat crapuul een jaar of wat juridisch moeten ravotten! Alleen de wederzijdse advocaten lachen zich een dikke portemonnee. Dus ik ga naar aanleiding van de uitspraak van de Hoge Raad niet zeggen dat Nina de boel heeft opgelicht. Ik laat dat lekker aan de Hoge Raad zelf over. Die zegt dat trouwens niet. Die zegt dat de WOL-beleggers in 2000 zijn misleid en misleid is een ander woord dan opgelicht. Is Scheringa een oplichter? En Zalm? Of hebben ze de boel alleen misleid? Is misleiden iets anders dan oplichten? Oplichters eindigen doorgaans achter de tralies. Maar hoe zit dat met misleiders? Misleiden klinkt toch wat softer op de een of andere manier. Daar moet eerder een therapietje dan

een gevangenisstraf tegenaan. Gaat er iemand de gevangenis in? Ik bedoel in de WOL-affaire en het DSB-debacle? Ik denk het niet. Van de Ahold-jongens heeft er ook niet eentje echt gezeten.

Hoe werkt dat eigenlijk? Waarom verschijnt er nooit een dievenwagen in de Gooise dreven? Is dat zielig? Vernederend? Hebben ze te slimme advocaten die deze afgang naar het cachot voorkomen? Als je een rolletje Mentos bij de C1000 jat, ben je minimaal een paar uur aan de beurt en deze mannen blijven maar vrijuit gaan. Wonderlijk toch? Onderhand verheug ik me de komende kerst erg op de Gooise en Wassenaarse tuinen, die de laatste jaren wanstaltig verlicht werden door jolige kerstmannen en ranke rendieren. Verplichte verlichting, anders telde je niet mee. Gaat deze romantiek in 2009 door? Of schieten de rijkaards zelf ook in de lach als ze aan hun knipperende tuinen denken? Zullen ze dit jaar tegen de tuinman zeggen: 'Doe maar niks, Hendrik-Jan. We laten het lekker donker! Symbolisch zwart.' Misschien is dat inderdaad het beste. Niet alleen voor de rijke mensen die in die villa's zitten te stinken, maar ook voor de langsfietsende slachtoffers, die financieel meedogenloos genaaid zijn door deze villabezitters. Mijn tip voor de rijken? Ik zou het lekker donker houden. Pikkedonker noemen we dat. Pikkendonker is misschien een nog mooier woord en vooral symbolischer.

Armoedig leven

Zo grappig dat die arme Kay van de Linde van zijn bazin met *Pauw & Witteman* moest bellen om excuses te eisen voor een verkeerd filmpje dat uitgezonden was. Het schoothondje belde namens Nina naar de redactie en Jeroen en Paul zeiden braaf: 'Sorry'. Daarop maakte voormalig VEB-directeur Peter Paul de Vries een klein grapje dat Nina beter zelf excuses kon maken aan al die belazerde WOL-aandeelhouders. Dat had hij beter niet kunnen doen. Want voor hij het wist werd hij gezocht door het stinkend rijke setje Nina en Pietje Storms. Hij moest excuses maken. Er werd hem per mail zelfs een tekst gedicteerd.
Dus je bent rijk, zo rijk dat je dagelijks kunt kiezen uit meerdere smakeloze optrekjes, die je via Ivo Niehe een keer aan het klootjesvolk hebt laten zien, en je windt je op over een grapje van een meneer op een van de vele Nederlandse televisiezenders. Hoe arm ben je dan? Dan zit je niet echt lekker van je geld te genieten. Meer Dorpsstraat dan Brink dus!
Ook mijn eigen medewerkers hebben intensief contact gehad met dit echtpaar.

In de laatste oudejaarsconference had ik een paar grapjes over het tweetal gemaakt. Onmiddellijk rinkelde op mijn kantoor de telefoon en gonsde de mail. Nina wilde me spreken, maar helaas: als ik met iedereen over wie ik een keer een mopje tap in discussie moet, heb ik er een dagtaak bij. Dus ze kreeg me niet aan de lijn.
Wat mijn management toen opviel was de vasthoudendheid van meneer en mevrouw Storms. Ze kwamen vooral van Nina niet gemakkelijk af. De schat bleef bellen. Meneer Storms liet het bij een krijsende mail, waarin hij mij benaderde alsof ik een handelaar in tweedehands-kunstgebitten was. Hij waande zich weer even in zijn Breekijzertijd. SBS-niveau dus. Ik moest in het openbaar excuses maken. Ik heb hem geantwoord dat ik aan zijn reactie duidelijk kon zien dat hij nog niet zo lang getrouwd was, omdat hij zo fel voor zijn vrouw opkwam. De lieverd. Ik vond het vooral aandoenlijk en kreeg een zacht medelijden met Pietje. En ook met zijn vrouw. Dus je zwelgt in je miljoenen, waarvan een groot deel van het volk vindt dat dat geld behoorlijk meurt, en je bent de hele dag bezig met blazoenpoetsen. De Hoge Raad doet een uitspraak en binnen de kortste keren geef je een defensief persbericht uit. Iemand maakt een grapje en je hangt woest ratelend aan de telefoon. Peter Paul de Vries en ik zijn niet de enigen die het rijke stel achter zich aan hebben gehad. Veel journalisten ontvangen woedende reacties van het echtpaar. Daarom is het ook zo leuk om een stukje over ze te schrijven. Je weet dat ze meteen tril-

lend van woede in de hoogste boom klimmen om te gaan huilen, schreeuwen en dreigen met juridische consequenties. Het wordt bijna een sport om ze op stang te jagen. Inmiddels hebben we met een aantal komieken en columnisten een clubje gevormd en om de zoveel weken hebben we Nina&Pietje-dienst. Er bestaat al een heus rooster. Als je aan de beurt bent, betekent dat dat je iets moet schrijven over de manier waarop deze mensen aan hun miljoenen zijn gekomen. En je moet niet schrijven dat hun geld stinkt, maar dat je veel mensen kent die vinden dat hun geld ondraaglijk ruft. Jijzelf vindt dat niet. Dat scheelt je een hoop advocatengedoe. Je hoeft het niet alleen te schrijven, je mag het ook zeggen als je een keer geïnterviewd wordt op de televisie of de radio. Dat je bijna elk vraaggesprek met een tekst over deze mensen eindigt. Dat je dus toch vindt dat Carthago verwoest moet worden.
We hebben nu met de hele club al zo'n lol. Dat we weten dat ze na elk stukje op tv, op de radio of in een krant briesend naar hun telefoon of computer rennen. Heerlijk gevoel. En dit alles onder het aloude motto: geld maakt niet gelukkig.

Blote oma

De blote oma in de *Playboy*. Wat valt erover te zeggen? Tegen Theo Maassen en Matthijs van Nieuwkerk gaf oma toe dat ze een zwaar verslaafde aandachtjunk is. Ze vindt het heerlijk dat allerhande impotente kantoorpikken het tijdens de lunch met volle mond over haar hebben. Misschien is dat ook wel grappig. Het zegt wel iets over de stand van het land. Een blote bejaarde in een seksblaadje en Mark Rutte politicus van het jaar. Dan is er fundamenteel toch iets niet helemaal goed met ons land.

Of ik de blote oma bekeken heb? Ja, natuurlijk. Ik had vooral intens medelijden met de fotograaf, die toch een keer gezegd moet hebben: 'Iets geiler, oma!' En dat dan zonder lachen. Of: 'Ga maar lekker voorover hangen en kijk maar opgewonden achterom!' Bij zo'n *fotoshoot* is de fotogaaf niet alleen. Er staan allerlei mensen omheen en ik vrees dat die elkaar niet hebben kunnen aankijken zonder de slappe lach te krijgen. Maar sla de ironie maar eens uit je ogen.

Over het bloot zelf heb ik met mijn behaarde dikke

buik geen oordeel, maar ik mag iedereen aanraden om even te kijken naar de gezichtsuitdrukkingen van oma. Die zijn zo onweerstaanbaar geestig. Ik kan daar in mezelf weken lang om grinniken. Dat zij al geil kijkend denkt dat wij dit geil vinden. Van die toegeknepen oogjes en zo'n tuitmondje. En dat op je zestigste. En dat dan ook nog voor een miljoenenpubliek. Dat is toch je reinste carnaval? Hier hoef je als columnist of cabaretier toch niks meer aan toe te voegen?
Ze schijnt ook nog een ex te hebben. Hoe zal hij hiernaar kijken? Is dit haar wraak omdat hij er met een veel jonger ding vandoor is? Ik zou als ik hem was hier alleen maar vrolijk van worden. Opgelucht dat je hier niet meer mee onder hetzelfde dekbed hoeft. Of zal hij trots als een pauw met het blaadje onder zijn jas lopen, terwijl hij opgewonden denkt: Dit was jaren de vrouw van mijn dromen.
En oma zelf? Die weet natuurlijk ook dat haar totale schaamteloosheid bijzonder grappig is en dat het verder helemaal nergens op slaat. Ik moet ook aan haar dochter denken. Het is toch haar moeder. Zal ze trots zijn? Maar ik begrijp dat dat meisje binnenkort ook schaars gekleed in een bijna-blootblaadje komt. Het lijkt me vooral een hoop gedoe, zo'n familie.
En haar vrienden? Trots? Bellen die haar om haar te feliciteren met de geweldige, smaakvolle reportage? Of houden zij zich heel rustig afzijdig? Vrees dat die vrienden in de categorie Gerard Joling en Gordon vallen en dat is toch spul dat zonder camera's niet meer kan ge-

nieten. Dus hun reacties zullen positief zijn. Van 'gedurfd' tot 'hartstikke mooi'. Of zal er ook een echt goede vriend zijn die haar de keiharde waarheid vertelt, gewoon onder vier oren en ogen? Die gewoon zegt hoe het zit. Dat ze zich een beetje heeft laten misbruiken door een noodlijdend blaadje. Dat dit de laatste stuiptrekking is van een voorbije trend. Zou toch kunnen. Dat een echt goede vriend haar dat zachtjes influistert. Of zal ze alles afdoen als jaloezie en het zelf ook niet doorhebben. Ik vraag me dat af.
En zo hollen we van hype naar hype. Van de dood van Ramses naar het bloot van deze oma. Beetje Tiger Woods ertussendoor. Met wie is Sonja Bakker op vakantie? En alles vervliegt in de wind. Vlugger dan vlug. Op veel nieuws reageert men vaak met: morgen ligt het in de kattenbak. En dat is ook zo. Maar ik denk nu toch even aan onze poes die op een blote oma moet gaan poepen. Ik denk dat ze lang zal aarzelen en de drol nog even binnenhoudt. Het is raar kakken. Ook voor een poes. Ik zal het onze poes dan ook niet aandoen. Het wordt de open haard. Gewoon de fik erin. Waarom? Dan worden we er toch nog een beetje warm van.

Weerpraatjes

Je zit in de auto en je staat in de file omdat het sneeuwt en licht ijzelt en omdat we in dit land met te veel mensen en te veel auto's zijn en ook nog eens omdat het spits is en veel mensen naar de wintersport gaan. Daarom sta je daar stil. Doodstil.

Je luistert geduldig naar de radio en hoort een mevrouw die vertelt dat het sneeuwt en licht ijzelt en dat we – omdat we in dit land met te veel mensen en te veel auto's zijn en het ook nog eens spits is en veel mensen naar de wintersport gaan – daarom langer dan andere dagen in de file staan. De mevrouw schakelt over naar een verslaggever die bij de snelweg staat omdat daar, mede vanwege de sneeuw en lichte ijzel en omdat we in dit land met te veel mensen en te veel auto's zijn en ook nog eens omdat het spits is en veel mensen naar de wintersport gaan, de file langer is dan ooit en hij interviewt een automobilist, die vanochtend heel vroeg van huis is vertrokken maar eigenlijk geen meter opschiet omdat de file extra lang is omdat het sneeuwt en licht ijzelt en omdat we in dit land met te veel mensen en te

veel auto's zijn en het ook nog eens spits is en veel mensen naar de wintersport gaan. Daarom staat hij daar stil. Doodstil. Daarna is er contact met een verkeersagent die in een centrum zit waar hij zicht heeft op alle files en hij vertelt dat die langer zijn dan anders omdat het sneeuwt en licht ijzelt en spits is en omdat er veel mensen op wintersport gaan.
Je schakelt naar een andere zender en daar vertelt een meneer dat het sneeuwt en licht ijzelt en dat daarom de files langer zijn dan anders en dat dat ook komt omdat het spits is en veel mensen op wintersport gaan. Ook hij schakelt over naar een verslaggever, die een vrachtwagenchauffeur laat vertellen hoe laat hij vertrokken is en hoe lang geleden hij waar had moeten zijn, maar dat dat er voorlopig niet in zit omdat het sneeuwt en licht ijzelt en omdat hij ook nog eens in de spits zit, die extra druk is omdat ook nog eens veel mensen op de wintersport gaan. Hij staat stil, doodstil.
Je zapt door naar een popzender waar een dj vertelt wie zijn gast had zullen zijn, maar dat die er niet is omdat hij vastzit in het verkeer dat extra druk is omdat het sneeuwt en licht ijzelt en omdat heel veel mensen vandaag naar de wintersport gaan. Gelukkig krijgt hij de zanger aan de telefoon en deze vertelt over de bizarre weersomstandigheden, zoals veel sneeuw en zelfs ijzel en daarbij gaan er, volgens de zanger, ook nog heel veel mensen op wintersport waardoor de gebruikelijke spits extra druk is. Je drukt de radio naar een volgende zender en val in een verhaal van een mevrouw die van-

ochtend om tien voor zes een trein vanuit Delfzijl naar Groningen wilde nemen om van daaruit naar haar zus in Zwolle te reizen, maar ze staat nog in Delfzijl omdat de trein helemaal nooit in Delfzijl is gekomen en dat heeft weer te maken met een wisselstoring bij Winschoten, die veroorzaakt is door hevige sneeuwval en lichte ijzel. Gelukkig komt er een meneer van de NS aan de lijn en die vertelt dat ze met man en macht werken om de problemen op te lossen, maar dat hij tegen zoveel sneeuw en ijzel niks kan doen. Daarbij is het extra druk omdat dit weekend ook veel mensen op wintersport gaan. Hierna komt een deskundige die vertelt dat het de koudste 18 december sinds vier jaar is.
Ik sta stil in de sneeuw en de file, luister naar de mensheid en denk aan de man, die op kerstavond iemand antwoord geeft op de vraag: 'Wat doe je?'
Hij zegt: 'Ik werk bij de radio'.
Waarop die andere man zegt: 'Interessant!'

Koptelefoonconference

Ik was een wakkere slaapgast door maar twee uur te tukken. De rest stond ik de drie dj's bij in het *Glazen Huis.* Dat is ook de bedoeling van de slaapgast. Zo min mogelijk nachtrust. Je moet proberen de wankele, dienstdoende dj te steunen.
Dat is je werk. Morele steun.
Ik ben al jaren zeer verknocht aan Groningen. Rond de Grote Markt ken ik veel kroegen en de kroegen kennen mij. Niet alleen om te drinken, maar ook om te lunchen, lezen en lanterfanten. Nu mocht ik diezelfde Grote Markt bekijken vanuit het Glazen Huis en ik kan niet anders zeggen dan dat het een bijzondere ervaring was. Langzaam en onzeker zag ik de stad dronken worden.
Steeds meer studenten kwamen prettig aangeschoten voor het huis staan. Gewoon staan en lief lodderig voor zich uit staren. Een man in een korenblauw trainingsjack meldde zich rond elf uur 's avonds en taaide pas om half negen 's ochtends af.
Hij was absoluut niet dronken. Hij keek afwezig voor

zich uit, danste af en toe een beetje mee op de muziek en sprak wat met de anderen, die meestal na een kwartier weer vertrokken naar een warm bed in een aangename kamer. Hij niet. Hij bleef.
Het was aandoenlijk om te zien wat mensen aan geld kwamen brengen en wat ze er allemaal voor gedaan hadden. Dat ze bereid waren veel te doen komt door die diskjockeys. Hun honger wordt gerespecteerd en daarom doen zoveel mensen mee. Iedereen heeft zin om ook iets te doen. Dat wordt gestimuleerd door die Giel, Gerard en Annemieke. De sfeer is daardoor bijzonder. Er valt letterlijk en figuurlijk geen onvertogen woord.
Een van de onderdelen is dat artiesten er een zogenaamd koptelefoonconcert geven. Dan speelt een band zijn nummers en alleen mensen met een koptelefoon, die ze voor vijfentwintig euro voor een halfuurtje huren, kunnen de muziek horen. Ik was ook gevraagd om dat te doen. In mijn geval een koptelefoonconference. Ik moet zelf nog steeds lachen om de volstrekt belachelijke situatie.
Stelt u zich voor: buiten in de kou stonden honderd mensen te kleumen en te bibberen en ik stond binnen met een microfoon. Ik begon mijn verhaal en zag die mensen wel degelijk lachen, zij het dat ik niks hoorde.
Normaal speel je op het ritme van een zaal. Je vertelt een grap, de zaal lacht, je laat ze uitlachen en je gaat weer verder. Dat is mijn jarenlange ervaring. Mijn routine. Dat maakt mijn werk ook zo leuk. Het lachende

publiek. Mensen tegenover je die plezier hebben. Je deelt met hen de lol. Maar nu was het dus stil.
Ik stond in het lege huis, achter mij draaide Annemieke haar platen en op de bank zaten de hongerige Giel en Gerard met een koptelefoon op. Zij luisterden naar mij en lachten regelmatig. Maar ook dat was raar.
Twee man op de bank. Ik hoorde ze niet lachen, want ook ik had een koptelefoon op. Dat moest ook wel, anders hoorde ik de muziek en de gesprekken die Annemieke met de gulle luisteraars voerde.
Het werd een van de meest bizarre conferences die ik ooit gegeven heb. Kleumende mensen zien lachen en niet horen. De verpletterende stilte in mijn hoofd. De grappen die volstrekt dood leken te vallen, maar wel degelijk effect hadden.
Halverwege de conference dacht ik: Is dit echt? Is dit waar? Het wás echt en het wás waar. Was het leuk om te doen? Geweldig zelfs. Vooral omdat je weet dat het eenmalig is.
Na drie kwartier bedankte het publiek mij niet met een applaus, maar door met zijn allen op de ramen te roffelen. Dat ontroerde mij zeer. De meest onnatuurlijke conference ooit. Spelen zonder lach.
En toch ben ik zelden zo voldaan geweest na mijn werk. Vereerd dat ik daar drie kwartier mocht kakelen.

Napels zien en dan...

Het zal ongetwijfeld in Alphen aan den Rijn en Drachten ook heftig zijn geweest, maar ik vrees dat ik hier in Napels toch een iets grimmiger jaarwisseling had. Wat een stad! Ik kende Napels alleen in de zomer en dan is het hier ronduit lekker. Fijne geur van uitlaatgassen, pizzeria's en niet opgehaald huisvuil. Mooi mengsel voor de neus. Verder is het hier altijd leuk autorijden, omdat Napolitanen nooit remmen. Jij moet dat doen. Zij doen het niet. Of omdat ze dat gewoon niet willen of omdat ze een dusdanig oude auto hebben dat er geen rem op zit. Op de mensen trouwens ook niet. Ze zijn heel dik of juist tanig, te mooi of te lelijk, kijken uiterst melancholisch droef of lachen te uitbundig en schreeuwen te hard of staan mysterieus in elkaars oren te fluisteren. Het volk foetert, toetert en scootert zich door de nauwe straatjes omhoog en naar beneden. Geen ambulance zonder sirene.

Een Napolitaanse had me ooit gezegd: 'Oudejaarsavond!' Meer zei ze niet, maar haar glimlach sprak hele bibliotheken. Ik wist dat ik, als ik ooit tijd had, hier een

keer van jaar moest wisselen. Dit jaar dus.
En?
Ik ben nu al verslaafd en weiger ooit nog af te kicken. Als je, zoals ik, van chaos en lawaai houdt dan is dit de oudejaarsavondstad bij uitstek. Waarom? Omdat de Italianen gek zijn. Hartstikke krankzinnig. Rotjes kennen ze niet. Louter brisantbommen. En vanaf 's middags twaalf uur gaan die dingen af. In prullenbakken, onder auto's en bussen, in winkelportieken waarna alle alarmen van alle panden beginnen te rinkelen en loeien en ondertussen toeteren en schreeuwen ze zich door deze chaos heen. Niemand schrikt van zo'n knal. Iedereen praat of wandelt onverstoorbaar verder. En ze lopen allemaal met veel te grote cadeaus onder de arm. Of met heel veel eten voor die avond. Ze zijn zo grappig en simpel tegelijk.
Allemaal kijken ze met een blik alsof ze iets op hun kerfstok hebben en ik vrees dat dat ook zo is. Verder zijn ze mooi bijgelovig, dus goklustig. Op iedere hoek van iedere steeg staat een of andere schlemiel lootjes te verkopen. Of de trekking daarvan ooit plaatsvindt? Vast. Ergens achteraf. Eerlijke trekking? Ik denk het wel. Hoeveel lichtjes branden er bij Maria? Hoeveel plaatjes van Padre Pio of Maradona hangen ernaast?
Heb onze eigen Ruud Krol zelfs nog zien hangen. Heel jong. Op een verbleekte foto. Opeens heb je een parkiet op je schouder en dat beestje pakt uit een bak een papiertje. Dat is voor jou. Een geluksnummer voor 2010. Nee, je hoeft niet te betalen. Mag wel. Graag zelfs. De

blik van de baas van de parkiet doet je smelten.
De oudejaarsavond zelf was groots. Uitpuilende restaurants met door elkaar schreeuwende obers. Geen wijnkaart. Eén soort. De huiswijn. En die is goed. Eén menu. Geen keuze. Goed? In elk geval hartstikke lekker. Er zijn maar weinig Italianen die vies kunnen koken. En toen de stad in. De broeierige stad. Iedereen is er klaar voor. Op het grote plein staat een plaatselijke Gerard Joling de boel op te hitsen. Het volk zingt en danst. De nog dichte flessen prosecco onder de arm. Om één minuut voor twaalf telt de dienstdoende zanger af. Het volk telt mee. En dan... Vult u het zelf maar in. De stad ontploft en is binnen de kortste keren blauw van de kruitdampen. Zelden zoveel kleuren tegelijk zien ontploffen. En behalve het vuurwerk van de stad zelf zit er geen legale bom of pijl tussen. Dat hoor je. Dat ruik je. Dat kan niet anders in Napels. Alles is hier illegaal. Ik kijk naar de mensen terwijl mijn trommelvliezen scheuren. Prettig gevoel. Hoeveel doden vallen er in deze hel? Ik vrees veel. Op een dag ga ik ook dood. Ben er nog lang niet aan toe, maar als het dan toch moet... Dan wordt het hopelijk hier. Nieuwjaarsmorgen. Kwart over twaalf. In deze helse herrie de wereld verlaten. Weg. Voor eeuwig. Een heerlijke dood.

Sneeuw, sneeuwer, sneeuwst

Leuk, al die weer-, verkeers- en sneeuwalarmen van de afgelopen jaren. Als er een mals lentebuitje in de buurt van Avenhorn dreigde dan was ons land te klein. Iedereen werd aangeraden om, als het niet strikt noodzakelijk was, absoluut niet de weg op te gaan. Je kon getroffen worden door omvallende bomen, rondvliegende bejaarden en ander ongemak. Achteraf bleek het om niks te gaan. Ja, er was een file naar het strand waar het bijna 33 graden was. Op televisie kwam er vervolgens een roedel stoethaspels van de ANWB en Rijkswaterstaat uitleggen dat er wel degelijk even een dreiging was geweest en dat er in de buurt van Kortrijk een kip van de leg was geraakt. Dat soort stamelsukkels.
Afgelopen woensdag was het echt raak. De sneeuw kwam uren achter elkaar met vlokken van een halve kilo per stuk uit de hemel vallen. In Zaandam was er 's middags om vier uur al sprake van lawinegevaar en het zou in Amsterdam alleen maar erger worden. Op de radio en televisie ging men door of er niks aan de hand was. De demententelevisie van omroep MAX had

een rollatordebat, op andere zenders spraken jongeren over het voordeel van roestvrij piercen door de voorhuid en schaamlippen en op weer andere kanalen was er een politiek correcte discussie tussen milieutypes, die na Kopenhagen somber waren over de toekomst van onze planeet. Het zou in elk geval bij ons in het westen nooit meer sneeuwen. Maar geen verkeersalarm. Geen tip om niet te gaan rijden of zo. Niks van dat al. De deskundigen van de ANWB en Rijkswaterstaat waren veel te druk met het aftuigen van de kerstboom. Of met het weghalen van de kerstverlichting uit hun lullige voortuinstruikjes. Die lampjes zien er altijd zo droef uit zonder sneeuw. Maar met sneeuw krijg je bijna altijd kortsluiting. Dus je kunt ze maar beter weghalen. In elk geval had niemand tijd voor een gezond alarm.

De files werden aandoenlijk lang. Allemaal kantoortypes kregen zomaar een gratis avontuur in het nieuwe jaar. Sommigen mochten wel zes uur vaststaan in de file op de ring rond Amsterdam. En als je mazzel had, mocht je dat ook nog eens vertellen in een van de televisiejournaals of in een actualiteitenrubriek. Ja, het was glad mensen. En strooien was ingewikkeld omdat het glad werd toen de file er al stond en dan kunnen de strooiwagens de weg niet op. Want als je stilstaat, kun je niet strooien. Daarbij was er niks te strooien. Het zout was op. Er was nog net genoeg voor de zachtgekookte eitjes van de directie, maar verder was er niks meer. Gelukkig heb ik nog een stuk of wat strooizoutdeskundi-

gen dit zien uitleggen op de buis. Ik word daar zo vrolijk van. Het *finest hour* van de strooizoutdeskundige!! Het viel begin 2010. Dus na twaalf zachte winters op rij toch niet voor niks geleefd. Toch nog even mogen uitleggen dat er een nijpend strooizouttekort is en dat dit voorlopig nog niet is opgelost. Vooral de ernstige blik die zo'n man erbij trekt maakt me zo blij.
Verder was er door de gladheid vooral blikschade. Dat is leuk voor de uitdeukers en autospuiters. Verdienen die de komende weken ook weer eens wat. En allemaal betaald door de verzekeringen, die anders aan het eind van het jaar veel te veel geld in kas houden. Daar is verzekeringsgeld niet voor. Moet er aan het eind van 2010 weer een of ander bekakt bestuurslid met een bonus van een paar miljoen richting kerstdis. Als ik zo'n kakker was, zou ik me purper schamen. Is toch veel leuker om dat ordinaire geld te verdelen onder een paar honderd autoschadeherstelbedrijven? Dan heb je ook die wroeging niet. En heel veel mensen krijgen hun auto daarna als nieuw terug. Lijkt mij feestelijk. Kortom: veel sneeuw en zo min mogelijk zout. Lange avontuurlijke en spannende nachten op de ring rond Amsterdam. En het liefst zonder een of ander tuttig weeralarm. Gewoon ouderwets overvallen door de elementen. Dat heet leven.

Tripwatchen

Afgelopen maandag is Rob Trip begonnen bij het achtuurjournaal en dat was belangrijk. Zegt dat iets over het land? Ja. Heel veel zelfs. Jan Mulder liet in *De Wereld Draait Door* zijn licht schijnen over de eerste tien Trip-seconden. Marga van Praag mocht ergens haar kritische zegje doen en verder toeterden her en der allerhande journalisten hun meninkjes over Rob zijn jasje, zenuwen en schone nagels. De nieuwslezer als nieuws. Hoe erg kan een land zich vervelen? Men was over het algemeen tevreden. En terecht.

Die Trip is een heel intelligente journalist met jarenlange televisie-ervaring. Als we ons ergens geen zorgen over hoeven te maken, is het over de vraag of hij kan wat zelfs Marga van Praag kon. Maar nogmaals: het land verveelt zich te pletter.

Het gegeven wordt vooral gênant als dezelfde nieuwslezer binnen een paar dagen aan het Nederlandse volk moet vertellen dat er een aardbeving met meer dan vijftigduizend doden heeft plaatsgevonden op Haïti. Zijn er dan ook kritische Trip-*watchers* die opletten of hij bij Haïti de klemtoon goed legt? Of hij Port-au-Prince mooi uitspreekt? Of hij ernstig genoeg kijkt bij dit soort rampen? Waar let men op? Ik las ook over iemand die het prettig vond dat Rob geen roos op zijn schouders had. Dus de nieuwslezer leest een bericht over een Belg die drie gruwelijke moorden heeft bekend en iemand kijkt serieus of het niet gesneeuwd heeft op zijn jasje. En vertelt dat later in het openbaar. Serieus. Ik denk nog steeds dat ik het niet gelezen heb, dat het een merrie in een van mijn dromen was, maar ik heb het gelezen. Het is geschreven. Er is inkt aan besteed. Papier. Ik blijf maar hopen dat het ironie was.

Politiek gezien was het wel een lekker debuutweekje voor Rob. Treurige taferelen in Den Haag. Jan Peter en Wouter die zich bijna een dag terugtrokken om met de aandoenlijke verklaring over de deelname aan de Irak-oorlog te komen. Met de kennis van nu hadden we nooit meegedaan, terwijl elke analfabete minkukel weet dat we er met de kennis van toen ook niks te zoeken hadden. De kennis van toen heette George Bush, en Jan Peter en Jaap de Hoop Scheffer waren zo nerveus dat ze een keer in het Witte Huis waren uitgenodigd dat ze alleen maar stumperig ja, ja en nog eens ja tegen de Amerikaanse president hebben gestameld. Ik vrees dat zowel bij Jan Peter als bij Jaap thuis een ingelijste foto van deze ontmoeting op een tuttig theetafeltje staat. Goed in het zicht voor het bezoek. Of Bush deze foto ook nog ergens heeft hangen? Ik vrees dat hij

zich de ontmoeting niet eens meer kan herinneren. Die oorlog trouwens wel.
Maar Wouter en Jan Peter hadden dus uren nodig om tot een leugenachtige verklaring te komen. Toch jongens die ooit gestudeerd hebben en in donkerbruine kroegen recht door zee stonden te discussiëren. Toen wisten ze niet dat ze ooit nog eens uren in een achterkamertje moesten draaikonten en jokkebrokken om tot een verklaring te komen die zowel henzelf als hun achterban tevreden zou stemmen. Wat een diarreeleven.
Wat zal de god van Jan Peter hiervan vinden? Ik denk dat hij niks vindt. Die god heeft wel wat andere dingen aan zijn botte harses. Hij heeft net de allerarmsten in Haïti door elkaar geschud, geestelijk en lichamelijk zwaar verminkt en vermoord. Gaan we bidden in de kerken om god te vragen die sloebers te helpen? Of gaan we in onze gebeden gewoon keihard schelden en vloeken op de ontoerekeningsvatbare schepper? Ik zou als gelovige het laatste doen. En als gelovige Haïtiaan helemaal. Ik zou een poppetje van hem maken en mijn voodoopraktijken op hem loslaten. Wat spijkers in zijn zoon jassen of zo.
Maar ik denk dat god er onderhand het zijne van denkt. Hij murmelt in zichzelf: 'Ik ben er even niet.'
Even niet? God is volgens mij al eeuwen zoek.

Vergift

Toen het in Nederland een paar centimeter sneeuwde, liepen de treinen meer vertraging op dan op dit moment in Haïti. Wissels haperden door stuifsneeuw, zekeringen brandden door, reservezekeringen waren niet op voorraad, verwarmingen waren niet op tijd aangezet of sowieso vergeten en zo kan ik nog wel een column of drie doorgaan. Zelden zoveel amateurs zien stoethaspelen als in die koude dagen bij de NS. Aandoenlijk bedrijf. Je zal er directeur van zijn, dacht ik regelmatig. Of... hebben ze daar eigenlijk wel een directeur?

Deze week bleek dat inderdaad zo te zijn en tot mijn verbazing kreeg de lieverd nog een premie ook. Een oprotpremie? Nee, een heuse bonus. Waarom? Geen idee. Zal wel in zijn contract staan. Iedere manager of directeur krijgt tegenwoordig zoiets. Als je drie dagen achter elkaar op tijd op de roltrap staat, heb je al een paar ton extra te pakken. Dat heet een modern beloningsklimaat. Dat je buiten een schofterige jaarwedde nog een flink bedrag aan premies meepakt. In Italië noemen ze dat doodgewoon maffia. De directeur van de NS kreeg deze week terecht last van wroeging. Het schaamrood spatte bij het telebankieren uit zijn computer. De site met zijn saldo begon hem glashard uit te lachen. Hij durfde zijn laptop nog amper aan te zetten. Ook binnen de NS kreeg iedereen massaal de slappe lach toen ze hoorden hoeveel hij en zijn directievriendjes buiten hun gewone loon opstreken. Dat ze na het winterse debacle überhaupt nog een eurocent durfden te innen. Hoeveel de NS-directeur aan bonus krijgt? Ongeveer honderdveertigduizend euro. Buiten zijn meer dan riante salaris, onkostenvergoedingen, auto met chauffeur en wat hij verder allemaal goed voor zichzelf geregeld heeft. Meer dan tien ruggen per maand extra. En dat voor een wanbeleid dat zijn weerga niet kent. Eén mals regenbuitje en alle locomotieven beginnen te hoesten en te roesten. Twee vlokken sneeuw en alle seinen springen op schaamrood. Een zachte rukwind en alle spoorbomen gaan spontaan zes dagen achter elkaar dicht. Ik zou me zo kunnen voorstellen dat de man na deze winter honderdveertigduizend euro van zijn salaris zou inleveren. Gewoon wegens onvermogen. Maar dat dit soort verkapte ambtenaren een bonus van honderdveertigduizend vangt is toch te grappig voor woorden. Gelukkig vond de directeur dat zelf ook en werd hij gered door een van de grootste natuurrampen uit de geschiedenis. De aardbeving op Haïti. En wat heeft de goeierd gedaan? Hij heeft het geld aan die arme sloebers daar gegeven.

In stilte? Nee, want anders wist ik het niet. De schat heeft er een ijdel persberichtje van laten maken, zodat het hele land nu weet dat hij honderdveertigduizend euro heeft geschonken. Zielig? Ik zeg niks. Aandoenlijk is een beter woord.

Mijn vader leerde mij vroeger dat je aan goede doelen geeft in stilte en ik was dan ook weer verbijsterd dat er een grote televisieactie nodig was om giro 555 te spekken. Bij de eerste onthutsende televisiebeelden van het verwoeste Haïti pak je toch je portemonnee en geef je een flink bedrag? En je zwijgt toch over de hoogte daarvan? Daar heb je toch geen Linda, Beau en Jeroen voor nodig? Zelf heb ik ook nog een spotje voor die avond ingesproken. Waarom? Omdat ik weet dat het een aantal krentenkakkers over de streep trekt. Maar eigenlijk is het zielig dat het nodig is.

Moest erg lachen om de gierige meneer van een van de grootste drogisterijketens van het land, die apetrots met een hele grote cheque van honderdduizend euro in beeld verscheen. Het logo prijkte trots op de cheque. Naast hem stonden twee mannen van andere multinationals te glimmen met een dito bedragje in hun nerveuze knuistjes. Wat een armoe, dacht ik en droomde dezelfde nacht dat het hoofdkantoor van de krenterige drogist werd getroffen door een meedogenloze aardbeving en dat de directeur gruwelijk aan zijn einde kwam. Na drie dagen werd hij gevonden onder zijn eigen cheque. Die hing namelijk trots in zijn directiekamertje. Het logo kwam goed in beeld.

Tilmannen

Hoe hard mag je lachen om Wim Kok, die de absurd hoge salarissen voor topmannen in 1997 terecht zelfverrijking noemde, en bijna tien jaar later instemde met een 584 procent hogere bonus voor ING-baas Michel Tilmant? Daar mag je heel hard om lachen. Proesten zelfs. Gieren van de pret. Huilend rollebollen over de grond. In het eerste geval was Wim de sociaaldemocratische premier van ons land en in het tweede had hij als pensioenschnabbeltje een commissariaat bij de grote bank-verzekeraar aangenomen. Dat je als commissaris bij een bedrijf dat exhibitionistische zelfverrijking hoog in het vaandel heeft iets anders moet verdedigen dan als linkse premier snap ik zelfs, maar om als rassocialist in te stemmen met een 584 procent hogere bonus voor een Belgische grootgraaier als Tilmant slaat toch echt alles. Dit kan je aan niemand uitleggen.

Later moest diezelfde Tilmant bij partijgenoot Bos bedelen om tien miljard steun om zijn bankje overeind te houden. Tien miljard! Heeft hij toen die 584 procent

extra bonus weer ingeleverd? Hoe zit dat eigenlijk met die exorbitante bonusgraaiers? Waarom mogen ze altijd alleen pakken en hoeven ze na overduidelijk wanbeleid en verlies niks in te leveren? Wel bonus en geen malus. En met wie bespreek je een bonusverhoging van 584 procent? Heb je een manager, die in zo'n geval voor je opkomt? Of opper je zo'n bedrag zelf? En tegen wie begin je erover? Tegen een vriendje dat ook mee mag graaien uit de ruif? Indrukwekkend dat na de financiële crisis allerhande topmannen de schepen van de zinkende zilvervloot verlieten en toch nog even hun reeds overvolle zakken vulden. Hadden ze namelijk recht op! Nou ja, volgens zichzelf dan. De open haardjes in Blaricum, Wassenaar en Brasschaat moeten natuurlijk wel blijven branden. Ze ruiken zo lekker als je buiten loopt.
Wim heeft voor de commissie-De Wit begrip gevraagd voor zijn positie als commissaris en hopelijk begrijpt hij inmiddels waarom het volk zich massaal afkeert van de politiek in het algemeen en van de PvdA in het bijzonder. Die Tilmant was zelf overigens te laf om voor deze commissie te verschijnen. Of is dat gewoon Belgische wraak op de Fortis-affaire? Las ook dat Bos deze dagen weer onderhandelt met IJsland over Icesave. Lijken me leuke dialogen. Bos vraagt ons geld terug en die blonde types antwoorden: 'Meneer Bos, we zijn bankiers en in principe betalen wij nooit terug. In elk geval zo min mogelijk'.
Over oplichters gesproken. Moet nog steeds onbedaar-

lijk hard lachen om Dirk Scheringa, die op de avond van de grote Haïti-actie in zijn *Giro* 555-shirtje, als BN'er telefonisch geld moest binnenhalen bij de mensen. Je zal als brave borst uit Emmeloord een klein bedrag aan die dakloze sloebers in Port-au-Prince willen schenken en je krijgt die geitenwollen gladjakker aan de lijn. 'Goedenavond, met de woekeraar van Wognum... '. Ik zou toch echt ophangen en het bedrag onmiddellijk in de plaatselijke kroeg gaan opzuipen. Nog grappiger als de simpele ziel uit Emmeloord ook nog een fikse schuld aan de curator van Dirk heeft.
Maar terug naar Wim Kok. Hij zat in die vergadering waar men besloot om die bonusverhoging van 584 procent door te voeren. Zelf zei hij dat hij ondanks zijn opvattingen over de maatschappelijke onwenselijkheid van deze zeer aanzienlijke correctie van het beloningspakket in het belang van de ING heeft geredeneerd. Daarvan was hij commissaris.
Dus je maatschappelijke verantwoording telt dan opeens niet meer? Ik snap wel hoe het gegaan is. Je komt als Koning Eenoog in het land der stekeblinden, die allemaal in zoveel mogelijk nullen voor hun eigen komma denken. Graaien, graaien en nog eens graaien. Zeven, acht ton is volstrekt normaal, omdat je buurman dat bedrag ook pakt. En op een gegeven moment ben je murw en hoor je jezelf zeggen: 'Conform de internationale markt...' Voor je het weet zit je miljarden onder een roedel kakkers te verdelen. Koning Eenoog kneep een oogje toe. Moe? Nee hoor, ook stekeblind geworden.

Een zekere mate van woestheid

Dus Rijkman Groenink accepteerde met 'een zekere mate van woestheid' 32 miljoen euro van de door zijn eigen wanbeleid toen al bijna failliete ABN Amro. Zo staat het nergens letterlijk, maar als je een beetje tussen de regels doorleest dan zie je dat het gewoon een onbedaarlijk zootje was. Net als bij die andere banken die de rommel van Groenink overnamen. Geen lijk in de kast, maar massagraven in de kelders. En de top van de bank kreeg als dank ook nog een flinke zak geld mee. Rijkman dus tweeëndertig miljoen en dat had hij liever niet gehad. Toen hij dat over 'een zekere mate van woestheid' zei, hoopte ik op een onbedaarlijk hoongelach van de commissie-De Wit. Een goede grap verdient toch enige waardering. Ook had ik een bewegend televisiebeeld niet raar gevonden. Waarom bewegend? Domweg omdat de cameramensen moesten schuddebuiken van de pret. Maar men liet de lieverd gewoon kakelen. Bijna onverstaanbaar bekakte tongval, lintje van een of andere onderscheiding op zijn colbert en een arrogante blik alsof hij het land eigenlijk van de economische ondergang had gered. Enige nederigheid en wat schaamrood zouden in dit geval op zijn plaats zijn geweest, maar niks van dat al. Hij meldde nog wel even tussendoor dat hij te laf was geweest om in 2007 af te treden.

Ondertussen begrijp ik dat de man in Loenen aan de Vecht een stuk publiek domein met veel subsidie aan zijn doorzontuintje heeft toegevoegd. Dit alles op voorwaarde dat het plebs daar officieel gebruik van mag maken, maar hij heeft er inmiddels via allerlei handige juridische foefjes voor gezorgd dat het klootjesvolk daar alleen op schrikkeldagen tussen vier uur en half vijf 's ochtends mag wandelen. De plaatselijke politici willen daar nu wat aan doen. Ik hoop dat ze winnen en dat hij de hele dag volk door zijn tuin krijgt. Liefst luid zingend. Stevig barbecueënde hooligans lijken me ook geestig. Dat die gore campinggeur van gebakken vlees zijn huis inwaait. En ook nog wat stevige house uit de boxen.

Er zullen weinig mensen naar zijn huis komen kijken. Op de site van het zakenblad *Quote* heb ik kunnen constateren wat een afschuwelijk protserig optrekje dat is. Goede smaak is inderdaad niet te koop. Je vraagt je wel af welke blinde leden van de plaatselijke welstandscommissie toestemming hebben gegeven om dit soort rommel zo dicht aan de Vecht te bouwen. Normaal moet iemand al toestemming vragen om zijn deur in een andere kleur dan notarisgroen te verven, maar Rijkman heeft het voor elkaar gekregen om een afzich-

telijk paleisje in de stijl van een iets te vlug rijk geworden Belgische charmezanger neer te zetten.
Waarom boren ze daar eigenlijk geen metro zodat het gedrocht langzaam in de bodem kan verdwijnen? Waarom wel onder die prachtige Amsterdamse wevershuisjes? Las deze week dat God nu bij de metro wordt gehaald. De pastoor van de Nicolaaskerk daalt op 11 maart af in de bouwput om Gods zegen af te smeken. Lijkt mij een beetje laat in dit geval. Zal die arrogante Geert Dales ook meebidden? Die man wint het qua grote muil dik van Rijkman Groenink. Begreep ook dat de tunnelboor een vrouwennaam krijgt, terwijl ik hem gewoon Tiger Woods zou noemen. Maar het is een Duits bedrijf dat gaat boren en ik vrees dat die niet stijf staan van de humor. Mijn huis staat niet op de officiële boorroute, maar deskundigen hebben me ondanks dat al gewaarschuwd voor de meest gruwelijke scheuren en verzakkingen. Dat kan tonnen gaan kosten en die moet je in zo'n geval zelf voorschieten. Moet ik naar mijn huisbankier, in dit geval is dat de ABN AMRO. Als daar tenminste nog geld is. Zou me niks verbazen als ik daar aankom en er net een pastoor met een wijwaterkwast in de hal staat te zwaaien. En Geert Dales en Rijkman Groenink slaan op dat moment samen een kruisje, terwijl ik ze onbedaarlijk uitlach. Waarom? Niets anders dan een zekere mate van woestheid.

Kleine ettertjes

Nog even een riedeltje lachen om de DSB-soap. Frank de Grave heeft zelf nooit ontslag genomen, maar is er gewoon uitgeflikkerd door Scheringa. Eén dag voordat zijn proeftijd afliep kreeg hij een oprottelefoontje van de Wognumse woekeraar. Frank zelf wist niet eens dat hij een proeftijd had. Misschien is dat nog wel het meest verbazingwekkende: op dat niveau een baan bij zo'n enge koopsompolissenboer aannemen en niet op de kleine lettertjes letten. Topman bij de DSB! Een bedrijf dat juist bestond bij de gratie van die kleine lettertjes. Met grote schreeuwende woorden werd je als klant naar binnen gelokt, waarna je geheel tot op je boxertje werd uitgekleed. Totaal verkleumd las je daarna in die kleine lettertjes dat Dirk daar alle recht toe had. En op die basis hingen er hele dure schilderijen in Spanbroek, draaiden topschaatsers hun supersaaie rondjes in Thialf en andere stadions, werd er redelijk goed gevoetbald in Alkmaar en bewoonde Dirk zelf een aantal ridicule pandjes, waar hij regelmatig met een privévliegtuig naar toe vloog.

Daarom is het zo geestig dat die Frank de Grave alles had gelezen behalve de kleine lettertjes. Hoe dom kan je zijn? Nu begrijp ik ook waarom hij steeds diplomatiek zweeg over zijn ontslag. Hij kon moeilijk uitleggen wat voor onbedaarlijke minkukel hij eigenlijk was. Een contract aangaan met een van de grotere gluiperds van Nederland en dat dan niet goed doorlezen. Op dat niveau zoiets essentieels vergeten. Hij werd niet gevraagd om de lijnen te krijten in het stadion van AZ of om de schaatsen van Marianne Timmer te slijpen, nee hij moest een bedrijf met een miljardenomzet leiden.
Maar nog leuker is de rol van de commissarissen van Dirk: Robin Linschoten en Edje Nijpels. Die werden gebeld door Dirk met de mededeling dat Frank er een dag later op staande voet uit gedonderd zou worden. De heren namen deze mededeling van de Noord-Hollandse *godfather* voor zoete koek aan. Geen sprankje protest. Geen vraag. Niet even bellen met Frank. Gewoon doen wat de hond blaft. Zo doen VVD'ers dat onder elkaar. Van je partijgenoten moet je het hebben binnen deze liberale club.
Ik vraag me af of die Nijpels eigenlijk wist dat hij commissaris bij de DSB was. Ik heb laatst het lijstje van Edje zijn nevenfuncties gezien en volgens mij kan zelfs God zelf dit werk niet aan. Noem een bedrijf en je ontdekt dat hij adviseert, lobbyt of slijmt bij zijn Haagse vriendjes, zodat de desbetreffende firma er uiteindelijk beter van wordt. Alleen Elco Brinkman wint het qua idiote bijbaantjes. Geestig dat Elco als bekend ex-kan-

kerpatiënt commissaris bij longkankerverspreider Philip Morris is. Dat mag je toch op zijn zachtst gezegd opmerkelijk noemen.

Maar goed: Dirk stelde dus twee sneue marionetjes aan als commissaris bij zijn maffiose bankje, de absoluut niet ter zake kundige Robin en Ed deden dat graag, als ze maar op tijd hun geld vingen, en hun voormalige partijvriendje Frank de Grave las niet bij welke oplichter hij eigenlijk in dienst trad. We hebben het nu over Nederlands topmanagement. Meneer Scheringa geeft inmiddels dure lezingen voor zielige mannen, die in een bitterballenzaaltje voor de oplichter klappen.

Ooit hield de Nederlandsche Bank toezicht op dit zielige circus dat arme sukkels, die een serre aan hun doorzonwoninkje wilden bouwen, naaiden en tilden terwijl ze metselden. Daar mag je als eenvoudig columnist met vier jaar mavo toch heel hard om lachen? Dit is de top van ons land! Die Nijpels leidt nu het ABP, een van de grootste pensioenfondsen ter wereld. Een man die amper de vier cijfers van zijn eigen pincode kan onthouden beslist over honderden miljoenen. Dat is toch liever dan lief? In zo'n land kan een Wellink zich toch gemakkelijk handhaven en mag Zalm lekker vrolijk doorschateren. En ik mag ze heerlijk oplichters noemen zonder dat ze me aanklagen. Waarom ze dat niet doen? Omdat ze mij niet serieus nemen. Tip van de cabaretier? Zou ik langzamerhand wel doen. Want jullie zijn oplichters. En nog hele zielige ook!

De boor is los

Bracht donderdag een sentimenteel bezoekje aan de Amsterdamse Bijenkorf, die half maart toch een paar jaar moet sluiten in verband met ernstige verzakkingen, toen op de roltrap mijn mobieltje ging. De directeur van Ajax. Of hij geld van me kon lenen. Ze kwamen nogal wat te kort. Waarom hij aan mij dacht? 'Vroeger kreeg ik nog wel eens wat van je collega Borsato, maar die zit mede door mij even krap, dus ik dacht: ik bel jou eens.'

Voor ik antwoord kon geven stormden een paar honderd zwaar bebloede, Italiaanse voetbalfans het warenhuis in. Ze werden opgejaagd door hun Amsterdamse soortgenoten. Ik zei tegen de Ajax-directeur dat ik helaas op moest hangen en zocht, terwijl de voetballiefhebbers het restaurant plunderden, dekking op de boekenafdeling. Die slaan de hooligans meestal over. Achter een stapel bijbels stonden een Nederlandse aannemer en een Duitse onderaannemer af te rekenen. Contant uiteraard. De Duitser had naar Keuls model gesjoemeld met de staalconstructies voor de metrotunnels en een deel van de winst was voor de voorman van de Nederlandse aannemer. Een toerist vroeg of ik wist waar het Stedelijk Museum was en hoe laat dat precies openging. Ik legde hem uit dat wij kunstminnaars niet in uren denken, maar de zaken breder zien. We denken in jaren. Ik gokte dat het in 2017 haar deuren zou openen, waarop de aannemer heel hard begon te lachen. In slecht Duits vertelde hij aan zijn *partner in crime* dat ik nog niet wist dat het hele geintje met de verzakte Bijenkorf, het verdwijnen van het Paleis op de Dam en de Munttoren zeker twee miljard ging kosten, dus dat de verbouwing van het Stedelijk waarschijnlijk werd uitgesteld tot 2029. Ik vertelde de toerist dat er een plan is om het hele gebouw te laten verwilderen en het totaal overwoekerd door onkruid tentoon te stellen. Dus het museum zelf als kunstwerk. De toerist vroeg of het verder goed met me ging, maar voor ik kon antwoorden trilde mijn mobieltje. Erica. Ze wilde het uitleggen. Dat hele Vancouver was helemaal niks en uit pure balorigheid was ze met de kroonprins in een slecht restaurant beland. Daar had een ongebreideld zuipen een aanvang genomen tot ze zich herinnerde dat ze naar Edwin Evers van *Radio 538* moest. De afloop kent iedereen. Ze was in de studio ook nog in de war geraakt, omdat het daar over een defecte dweilmachine ging. Dat had ze in eerste instantie als een persoonlijke belediging opgevat en ze wilde boos vertrekken. Had ze dat maar gedaan. Ik bewonderde haar openbare schuldbekentenis en vroeg waarom ze zei dat

ze één glas te veel had gedronken. 'Omdat een fles ook van glas is,' lachte ze hartelijk en hing schaterend op.
De Duitser zwaaide met een pak geld en vroeg waar de hoerenbuurt was. 'De hoerbuurt,' verbeterde ik hem en legde uit dat er nog maar één prostituee was. 'Daar moeten we het met de hele stad qua neuken mee doen.' Waarop hij vroeg of we geen gezellig jezuïetenklooster hadden. Want die wilden seksueel ook nog wel eens een handje helpen. Ik legde de Duitser en zijn vriend uit dat in een Brabants dorp de pastoor geweigerd had om de homoseksuele Prins Carnaval de communie te geven omdat hij daar te opgewonden van raakte. Zo'n hostie op zo'n warme uitgestoken jongenstong werd meneer pastoor echt te veel. Ik vertelde de Duitser ook dat het verhaal niet waar was, omdat de pastoor een verklede idioot was. Gewoon de dorpsgek. En wie de homoseksuele prins dan was?
'Dat was de pastoor,' legde ik de verwarde Duitser uit. Daarop begon de Bijenkorf duidelijk te bewegen, te schudden op zijn grondvesten.
'De boor is los,' schreeuwde de aannemer. 'De stad wordt één grote IJ-tunnel en die mag ons bedrijf weer opbouwen.'
'En dan?' schreeuwde hij naar mij. Ik keek verbijsterd en verbaasd.
'Dan worden wij rijker dan rijk en worden we de nieuwe sponsor van Ajax.' Toen verdwenen we met zijn allen kansloos in de zuigende diepte.

Missel

De Nederlandse Spoorwegen zijn sponsor van onze olympische ploeg en waar ging het mis? Op de wissel! En de viermansbob is niet eens vertrokken. Symbolischer kan het bijna niet. De NS betaalt mee omdat ze aan imagoverbetering willen doen. Lief, hè?
Moest na de rit van Sven wel steeds aan Erica denken omdat ze nu weer het woord gediskwalificeerd moest gebruiken. Niet dat haar dat niet zou lukken, maar dat ze steeds herinnerd wordt aan dat desastreuze gesprek met die Evers.
Leuke Spelen tot nu toe. Bij Tuitert leek de olympische grondgedachte 'meedoen is belangrijker dan winnen' een prachtig alibi om daar in Canada rond te dolen en hij pakte op grootse wijze goud. Op Ireen Wüst had ook niemand meer gerekend, maar zij sloeg beestachtig toe in haar laatste ronde. Ik begon schaatsen zowaar weer leuk te vinden.
En toen kwam Sven. Topvorm! Gunstige loting! Zelfverzekerder dan ooit! Wat kon er mis gaan? Niks toch? Alles dus. Of de coach nou stond te tukken of dat hij-

zelf beter had moeten opletten interesseert me niet. Feit is dat Sven het verkeerde baantje pakte. En dat mag niet. Wel leuke televisie. Een ziedende Kramer, een onthutste Kemkers, een verbouwereerde Smeets, een boze Veldkamp, een aangeslagen Visser plus die zeven miljoen krijsende kijkers waar ik op dat moment geen zicht op had. Ik had alleen zicht op mezelf en merkte dat ik moest lachen. Niet uit leedvermaak, maar meer uit ervaring. Nooit denken dat je er bent. Pas juichen als je over de streep komt. Niet Sven dacht dat hij er al was, maar die zeven miljoen kijkers wel. En dan gaat het mis. Mooiste beeld was die eenzame Koreaan met dat nationale dweiltje boven zijn hoofd. Helemaal alleen door dat doodstille stadion. Iedereen was totaal uit balans door de *missel* van Sven en hij vierde helemaal in zijn uppie zijn gouden plak. Vrees dat de Koreaanse televisie er thuis wel wat andere geluiden onder heeft gezet. Die hebben wel wat propagandabandjes liggen.

Wel mooi dat die Sven even goed boos was, maar al gauw heel nuchter constateerde dat dit bij de sport hoort. En sportief hoe die Kemkers de schuld ruiterlijk op zich nam.

En we kregen door het debacle gezellige oudedoosbeelden. Hilbert van der Duim die dacht dat hij klaar was en nog een rondje moest. En Jan Bols natuurlijk met zijn twee wereldberoemde buitenbochten. Troostend materiaal. Mooi om die oude mannen de avond erna terug te zien. Leuke, relativerende gozers met een

glimlach. Ze lachen om hun blunders, omdat blunders nou eenmaal bij het leven horen.
Over veertig jaar ben ik 96 en ik vrees dat ik het niet meer mee zal maken, maar ik zou dan graag kijken naar de oude Sven Kramer die nog een keer rustig uitlegt wat er mis ging in Vancouver. Deze aardige zestiger vertelt dan aan de kleinzoon van Mart Smeets wat er toen precies gebeurde. Gerard Kemkers kijkt in het bejaardenhuis en heeft gelukkig een gezonde alzheimer, waardoor hij zich er niks meer van kan herinneren. Kramer vertelt hoe het land een daglang totaal van slag was, waarop de kleinzoon van Smeets vraagt of de mensen toen niets beters te doen hadden. De verstandige Kramer zal antwoorden dat de mensen nooit iets beters te doen hebben dan brood en spelen. Hij vertelt: 'Een maand eerder stierven er meer dan honderdduizend mensen op Haïti, in Kabul werden ze met tientallen tegelijk door zelfmoordterroristen van de straat geblazen en half Afrika krijste al jaren van de honger en de dorst. En de regering was vlak daarvoor ook nog op gênante wijze gevallen, maar daar had niemand tijd voor. Het ging om mijn wissel. Twee binnenbochten op de tien kilometer!' Dan vraagt de kleinzoon van Smeets aan Kramer of hij weet hoe dat komt, waarop deze wijzer dan wijs antwoordt dat dat komt omdat ze in Kabul, de Sahel en Haïti niet kunnen schaatsen.
Is het zo simpel? Zo simpel is het.

Celibaat 't niet...

Mag Tiger Woods in de Bossche Sint-Jan ter communie of zegt de door het celibaat zwaar gefrustreerde pastoor dat God voor elke man slechts één vrouw heeft geschapen en fluistert hij naar de golfer: 'Het gaat om *hole in one* en niet om *hole in everyone*!'
Tiger lacht en vraagt aan de geestelijke hoe hij dat zelf toch allemaal doet. Dertien minnaressen is inderdaad wat veel van het goede, maar je leven lang niet één vrouw lijkt de golfer toch ook een ondraaglijke last. De pastoor lispelt over zijn dromen vol opwindmisdienaartjes en hoe hij zich vroeger liet misbruiken op het seminarie.
De golfer denkt onderhand aan het zinloze leven in het algemeen en dat van hemzelf in het bijzonder. Hij heeft een miljard dollar bij elkaar geslagen met een spelletje dat als doel heeft een balletje in zo min mogelijke slagen in een gaatje te krijgen. Veel zinlozer kan het leven niet worden. De pastoor aarzelt met zijn hostie en vraagt aan de golfer of Tiger zijn echte naam of een bijnaam is. En of hij hem alleen in tijgerinnetjes heeft ge-

duwd. Of er niet af en toe een verdwaald tijgertje tussen zat. De golfer legt uit dat hij hem echt alleen in tijgerinnetjes heeft gestopt.
De pastoor wil details en stelt de golfer voor om later bij te praten in de donkere biechtstoel. Daar komen alle gelovigen regelmatig van onzedige gedachten wisselen. Het zijn voor de pastoor de heerlijkste uurtjes. Hij zit dan achter een aantal tralies en mag kwijlend luisteren naar alle zonden van de parochianen. En hij mag straffen. Vooral dat laatste is een genot.
Bij de biechtstoel aangekomen herkent de pastoor Gerrit Zalm en Agnes Kant, die allebei op hun beurt zitten te wachten.
Hij vraagt aan de golfer of deze twee zondaren even voor mogen. Tiger vindt het goed. Met Gerrit is de pastoor gauw klaar. De bankier heeft vooral hard gelachen in een wereld waar overvallers honderden miljoenen naar buiten sjouwden. En allemaal ongemaskerd. Of dat erg is? De pastoor legt uit dat als het in een wereld is waar het volstrekt normaal is dat men op die manier de bank overvalt en als het ook nog zonder geweld gebeurt dat het dan absoluut niet zondig is.
Vervolgens vraagt hij of hij van Gerrit vijftig euro kan lenen. Hij jokt dat het voor een doos sigaren is, maar hij weet nu al dat hij ervan naar de hoeren zal gaan. Gerrit zegt dat hij de vijftig euro mag houden. In ruil legt de pastoor de bankier geen straf op.
Dan komt Agnes, die opbiecht dat ze in haar werk niet één keer gelachen heeft!

'Dat is inderdaad zonde,' murmelt de pastoor. 'Doodzonde zelfs.'
Hij adviseert haar om er zo snel mogelijk mee te stoppen. En hij legt uit dat God ons allerlei eigenschappen heeft gegeven om het leven draaglijk te maken. Lachen is er een van.
'Niks is erger,' zalft de pastoor, 'dan een politicus die zichzelf serieus neemt.' En hij vertelt dat hij een Limburgs Kamerlid met een ridicuul geblondeerde kuif kent en dat hij deze laatst heeft aangeraden om een hoofddoekje te dragen. De politicus kon er niet om lachen en Agnes ziet er ook de humor niet van in. Ze vraagt aan de pastoor of er een manier bestaat om te leren lachen. Ze wil voor haar dood één keer gelachen hebben. De pastoor raadt haar aan om een avondje met Tiger Woods te gaan stappen en om hem te laten vertellen over de manier waarop hij zijn geld heeft verdiend. En hoeveel vrouwen hij daarmee heeft veroverd. Agnes is bang dat ze in deze kapitalistische en seksistische levenswijze weinig humor kan ontdekken.
Dan komt Tiger de biechtstoel binnen. 'Begin bij het begin,' oppert de pastoor. Het wordt de langste biecht ooit. Zes uur blijven ze samen in het hokje. Uiteindelijk is Tiger hees van het praten. De pastoor komt niet verder dan: 'Wat doe je morgen?'

Jan des Boefrie

Tijdje geleden reed ik door een kakkerswijk en daar zag ik bij een nogal treurig pandje een bord in de tuin staan met daarop de tekst dat het huis werd ingericht door Jan des Bouvrie. Medelijden kietelde mijn ziel. Daar wonen dus smakeloze rijkaards, dacht ik en vroeg me af hoe sneu je eigenlijk bent als je door middel van zo'n bord wilt laten zien dat je zelf geen smaak hebt. Wel geld. Daarom stond dat bord daar.
Design wonen lijkt me een hel. Dat je gasten bij je gordijnen moeten passen. Je scharrelt in de loop van je leven je eigen interieur toch bij elkaar? Dat is toch het leuke van wonen? Een stoel uit je studententijd, een tafel die je ooit in Brussel op de kop tikte, wat schilderijen die je al reizend meegriste uit diverse galeries, wat kandelaars waarvan je de herkomst bent vergeten, een rare kast vol boeken waar je vele mooie uren in vertoefd hebt, een paar bijzondere herinneringen uit je ouderlijk huis, enzovoort, enzovoort. Maar je bent toch niet gelukkig in een door die krullenbol bij elkaar gefantaseerde inrichting?

Het lijkt me vreselijk om die gozer op bezoek te krijgen en dat hij met zijn potlood dan speels gaat schetsen wat hij allemaal voor spannends kan doen met de ruimte. Voor een paar ton wordt het speels.
'We gaan vooral uit van wit,' zal Jan oreren om daarna voor te stellen dat het qua geld ook zwart mag. Je mag zelf zeggen op welke louche bv je het bonnetje wilt ontvangen. Niet alleen creatief op de tekentafel dus.
Ik werd weer zo ouderwets blij van de feiten in deze zaak. De armoe dat de inrichting van het miljoenen kostende motorjachtje van een of andere rijke *quotezak* op kosten van de zaak vertimmerd moest worden. Dat zijn de kringen waarin Jan zijn geld verdient. Die tragiek. Met die sjoemelende middenstand moet hij regelmatig een vorkje prikken in een duur restaurant.
Vrees dat Jan het niet erg vindt dat zijn zakelijk gesjoemel werd overschaduwd door de dood van die aardige Hans van Mierlo en de door hun amazones teruggefloten Camiel Eurlings en Wouter Bos. Opmerkelijke stappen van deze jongens. Gaan we treuren of vonden we ze allebei toch een tikkie te glad? Hoe vlug zijn we ze vergeten? Wie denkt er na deze week nog aan Agnes Kant?
Ik vrees overigens dat minister Gerda Verburg met haar zielige glossy ook op haar knokige knietjes is gegaan om de Heer te danken dat Hij juist op deze donderdag de grote democraat Van Mierlo tot Zich heeft geroepen. Want je kunt als politica domme dingen doen, maar de *GERDA* was toch wel het ergste wat ik in

jaren heb gezien. Die foto op de cover, waarop ze met die strenge meesteressenblik en dat sm-zweepje staat, moet toch door haar goedgekeurd zijn. Net als het hele idee. Ik vrees zelfs dat ze samen met haar suffe ambtenaren heel veel voorpret heeft gehad. Dat ze heeft gedacht dat het blaadje als een bom zou inslaan. Nu moest ze met haar rare Glorix-kuifje wat excuses stamelen tegen een Kamer, die vooral diep medelijden met haar had. Is er geen meneer Verburg die haar naar huis wil roepen? Dat het beter is voor haar gezin als ze uit de politiek stapt. Ik weet nog wel wat politici bij wie ik hoop dat ze thuis harder nodig zijn dan op het Binnenhof. Mevrouw Balkenende: dit is een heuse hint!
Het Binnenhof, waar in 2008 Hans van Mierlo struikelde over een rode loper en zijn heup brak. Mooi symbolisch voor deze aardige man. Struikelen over een rode loper, een ding waar hij zijn leven lang wars van was. Daarna is het niet meer goed gekomen. Maar hij is in elk geval nooit tuttig teruggefloten door zijn gezinnetje. Als Hans niet aan politiek deed dan stond hij in de kroeg. Zoals het hoort bij politici. Daar zijn waar het volk is. En dat is niet thuis.

Recht op rouw

'Natuurlijk, ik begrijp dat u het slachtoffertje niet gekend heeft, maar uw broer is onderwijzer en mijn vraag is hoe uw broer zou reageren als er op zijn school een meisje vermoord zou worden.
Nee, ik weet dat uw broer dat niet heeft meegemaakt, maar het zou natuurlijk een keer kunnen gebeuren en dan is het wel interessant dat u namens uw broer vertelt hoe zijn school zich in zo'n geval zou opstellen. Of er een draaiboek voor dit soort zaken is? Krijgen de andere kinderen rouwvrij? Ik denk dat het voor onze kijkers heel interessant is om te weten of lagere scholen voorbereid zijn op dit soort uitzonderlijke situaties.
Er komen in onze nieuwsrubriek heel veel mensen aan het woord. Een mevrouw, die de oma van het meisje wel eens uit het station heeft zien komen. Ze vertelt dat het een hele gewone opgewekte oma is en ook al kent ze de bejaarde dame niet persoonlijk, ze vertelt zeer emotioneel hoe erg het voor die oma moet zijn. En we praten met een paar oude dames uit het verzorgingshuis waar die oma verblijft en die vertellen dat het heel

erg voor die oma moet zijn. Waarom? Omdat onze kijkers dat willen weten. Sterker nog: we vinden dat onze kijkers er recht op hebben. Het is een heel verdrietige zaak, die ons erg aangaat omdat we in principe allemaal zo'n buurman zouden kunnen hebben. Daarom vind ik dat onze kijkers het recht hebben om het verdriet te delen. We gaan uiteraard ook rechtstreeks verslag doen van de stille tocht en we hebben nu al gehoord dat er duizenden mensen mee gaan lopen. Er komen zelfs mensen uit Delfzijl, die zich mede door onze verslaggeving enorm betrokken voelen bij dit grote verdriet. Nee, dat is geen sensatiezucht. Dat is rouw. Het is voor die mensen ook goed om het een plek te geven. Anders zitten ze maar machteloos voor hun televisies en nu hebben ze het gevoel dat ze iets doen.
Straks interviewen we een hovenier, die vertelt dat de natuur na zo'n afschuwelijke zaak gewoon doorgaat. De lente trekt zich er niks van aan. Bottende bomen, koolmezen die onverstoorbaar eitjes leggen en sneeuwklokjes die heel brutaal uit de gazonnetjes kruipen. We hebben trouwens niet een echte hovenier, omdat die niet wilde, maar een buurman met groene vingers en die houdt voor onze kijkers een heel mooi verhaal. Een relaas dat ook weer hoop geeft. Mooi toch?
Net als dat we de wijkagent hebben gesproken. Hij telde maar liefst zevenenvijftig straalverbindingswagens en die stonden in dat kleine wijkje bijna allemaal dubbel of in elk geval illegaal geparkeerd. We vragen hem

of hij keihard parkeerbonnen schrijft of dat hij het in dit uitzonderlijke geval door de vingers ziet. En we wilden praten met de vrouw van de wijkagent of deze trieste zaak niet een enorme druk op het gezin van de politieman legt, maar zij wilde niet. Dus nu interviewen we iemand die het gezin van de wijkagent goed kent. Onze kijkers willen dat graag weten en hebben daar ook recht op. Net als op een reactie van de buren, de buren van de buren, de klasgenootjes, de schoolgenootjes van de klasgenootjes, de postbode die de rouwkaarten moest verspreiden, de zwager van de postbode en de man die van de dader ooit een biertje in een café heeft gekregen. Het levert mooie, emotionele televisie op. De man die het biertje heeft aangenomen vertelt dat hij, als hij toen geweten had dat deze man dit zou doen, dat biertje nooit geaccepteerd zou hebben. Dat vinden wij een moedig standpunt. En we blijven herhalen dat het een zeer trieste zaak is, maar het levert wel mooie televisie op. Straks nog de begrafenis en dan... dan zal het stil zijn op de redactie... en... je mag het niet zeggen... en ik zeg het ook niet... maar soms denk ik... het zou mooi zijn als... nee, u betrapt me niet op deze woorden, maar... u begrijpt wat ik bedoel!'

Oorgasme

Dus de doventolk bij *Het NOS Journaal* moest deze week met brede gebaren aan de hardhorende kijkers uitleggen dat de huidige paus Benedictus XVI in 1996, toen hij onder zijn meisjesnaam Joseph Ratzinger nog een ander baantje had, op de hoogte werd gebracht van seksueel misbruik van tweehonderd dove kinderen door een Amerikaanse pedofiele zwartrok en dat hij daar vervolgens niets mee deed. Wat is het doventolkgebaar voor seksueel misbruik van dove kinderen? Moet de doventolk dan ook vies kijken? Obscene gebaren maken?

Wel interessant dat de huidige vertegenwoordiger van God op aarde destijds niet reageerde op een brief van de aartsbisschop van Milwaukee. Die vroeg om ontslag van de enge Amerikaanse pedo, die geen enkele vorm van berouw toonde. Ratzinger liet gewoon niets van zich horen. Pas acht maanden later reageerde zijn toenmalige en huidige tweede man kardinaal Bertone met de mededeling dat er een geheim proces zou komen tegen de priester. Dat proces werd voortijdig stopgezet.

Hoe ik dat geheime proces voor me zie? Een stuk of wat van die opgewonden smeerpijen, die met rode konen en stuiterende toverballen genieten van de vunzige details, die door een van de mannen een beetje bronstig worden voorgelezen. Waarom ze het proces hebben stopgezet? Ik denk dat ze na het gulzig verorberen van de geile feiten hebben gedacht: wie zijn wij om dit te veroordelen? Waarschijnlijk heeft de vieze priester een bedankje van de mannen gekregen en ontving hij per kerende post de vraag of hij nog meer smulfeitjes had. Of dat hij een keer langs wilde komen. Misschien is de woordspeling aarsbisschop nog gemaakt.

Maar de paus deed in 1996 dus niks met een ontslagaanvraag voor een onbedaarlijke viespeuk, die zich jarenlang wellustig vergrepen had aan tweehonderd dove kinderen. Interessant gegeven. Is hij daarom door God uitgekozen om Hem te vertegenwoordigen op aarde? Houdt God zelf ook wel van kinderporno? God ziet volgens de gelovigen alles, dus ik vrees dat Hij al deze viezigheid lekker vindt. Anders had Hij toch wel eens een geestelijk sms'je naar het Vaticaan gestuurd om hen duidelijk te maken dat het celibaat zo langzamerhand kon worden opgeheven? Dat de priesters hun heilige genotsknots gezellig in een andere volwassene heen en weer mochten bewegen. Dat is toch gezelliger dan zelf een beetje frunniken onder de kloosterdouche? Laat staan dat je aan gehandicapte kinderen gaat zitten. God is zelf toch ook ooit een gezonde jongen geweest?

Persoonlijk vrees ik dat het schandaal veel groter is dan we tot nu toe vermoeden. Dat er maar een paar procent uit de beerput is gelekt en dat er veel en veel meer aan de hand is. Seks is de wortel van bijna al het kwaad op deze wereld en ik denk dat je met een verbod op dit vrolijke tijdverdrijf een leger aan zwaar gefrustreerden creëert. Sneue mannen, die zich als het donker wordt, buitensporig misdragen. Ik vond die vorige paus altijd al zo zielig. Zo gauw hij ergens landde, ging hij op zijn knieën en begon hij het beton van het vliegveld te kussen. Dan moet je wel heel nooddruftig zijn, dacht ik altijd vol medelijden. Maar deze paus is natuurlijk nog veel zieliger. Als je het seksueel misbruiken van tweehonderd dove kinderen onbestraft laat dan wordt het tijd dat je door een roedel hitsige matrozen in een Romeins steegje even stevig wordt uitgewoond, waarna ze je in een sm-tent een dag of wat vastbinden aan een gloeiende paal.

Het hardst heb ik deze week gelachen om die domme Simonis met zijn fijnzinnige *Wir haben es nicht gewusst.* Ik vroeg hem later of hij Duits sprak zodat de oude Jopie Ratzinger hem kon begrijpen. Maar hij vertelde dat het een citaat van een van diens voorgangers was. Om precies te zijn Pius XII, de foute paus die binnen niet al te lange tijd zo goed als zeker heilig wordt verklaard. Wordt het niet hoog tijd dat die roomse Wilders zich eens op een veel fouter geloof gaat richten?

Scharrellijk

Terwijl de pastoors en kapelaans dit weekend licht opgewonden genieten van de bijna geheel blote Jezus aan zijn houten kruis en geloven in het sprookje dat hij uit zijn graf is opgestaan, vermaak ik me met de hoogte van de grafkosten in mijn geboortestadje Naarden. Daar hebben ze de duurste wormen en maden van heel Nederland. Voor twintig jaar verteren in Gooise bodem betaal je een dikke zesduizend euro. In het Friese Dronrijp is dat slechts honderddertig euro voor dezelfde periode. Dan moet je er wel gewoond hebben en katholiek zijn geweest. Ik vind dat nogal straffe voorwaarden: én katholiek én Dronrijp! En dat allemaal in dat ene schamele leven!

De Naardense wethouder Frans van Vugt legt in een interview uit dat het een paar centen kost, maar dan lig je wel heel mooi op de lommerrijke Naardense begraafplaats Nieuw Valkeveen. Daar lig je niet Vinex op een rijtje, maar in spannende hoekjes achter romantische bosschages. Een heuse tuinarchitect heeft het ooit ontworpen. Op niveau dus.

Opeens zie ik mensen met hun dode moeder shoppen. De begrafenisondernemer noemt tijdens de bespreking de Naardense tarieven, waarop een van de kinderen stiekem de kamer verlaat om heel vlug op de wc op zijn Blackberry de concurrentie te googelen. Even later komt hij terug met de romantische leugen dat mama altijd al gek was op Friesland en dat ze het een eer zou vinden om in Dronrijpse bodem te wachten op het Laatste Oordeel van haar Schepper. De zoon benadrukt dat moeder zeer gelovig was, waarop de rest van de familie hem lachend aankijkt. Als ze de dode moeder alsnog als katholiek bestempelen dan scheelt het al gauw een paar ruggen. Is toch weer een wintertje skiën. De oudste zus rekent voor dat het reiskostentechnisch wel duur wordt om mama regelmatig in Dronrijp op te zoeken, waarna de familie voor een tussenoplossing kiest. Een plek waar ze niet zeuren over het geloof van het lijk, waar het prettig toeven is en waar ze niet te ver van de kinderen ligt. Centraal in het land dus.
Tijdje geleden hoorde ik dat veel zieke mensen door een veelheid aan chemokuren en andere medicijnen een lijf hebben gekregen dat na hun dood niet meer wil ontbinden. Het ongedierte slaat kotsend en misselijk op de vlucht. In sommige graven is zelfs sprake van regelrechte bodemverontreiniging. De zerk geeft 's nachts spontaan licht. Uit de grond komen giftige dampen. Wil je daar naast liggen? Lijkt mij niet. Je leven lang milieubewust geleefd, je lijkwade is van geitenwol, je ligt in een doos van eco-karton en dan is er naast je iemand

zwavelwinden aan het laten. Dat wil je toch niet? Nog even en bepaalde begrafenisboeren komen met zogenaamde *groene kerkhoven*. Dat de dokter moet garanderen dat de familie een heus scharrellijk aanlevert. Met certificaat.
Paar maanden terug was ik op een crematie waar ook mensen in Australië, Zwitserland en Canada welkom werden geheten. Dit omdat zij via internet live meehuilden. In de aula hingen camera's die alles registreerden. In mijn mij nooit in de steek latende fantasie, zag ik een iets te dik neefje onder een Caribische palmboom liggen, lurkend aan een cocktail en op zijn iPhone loerend naar de crematie van zijn oude tante. Het luieren op dat strandje was trouwens al een voorschot op de erfenis.
Of ik in Naarden begraven wil worden? Het is mijn geboortegrond, dus echt raar is het niet. Doe ik gewoon om mijn nabestaanden te pesten. Dat ze alsnog failliet gaan aan mijn begrafeniseisen. Of om er een beetje mee te pochen in de kroeg. Dat je vertelt dat je op niveau gaat liggen en tegen de barkeeper patst dat hij dat niet kan betalen. Voor hem zal het wel een ziekenfondsurntje worden.
En als de familie een dag na de begrafenis bij mijn kuil komt? Dan ben ik weg. Als dat geen humor is? Vrolijk Pasen.

Blije vrijheid

Tijdje geleden had ik een discussie met een feministische vriendin, die boos was op een gerenommeerde Amsterdamse voetbalclub omdat ze daar niet aan vrouwenvoetbal doen. Ik zag dat, ook om de vriendin te stangen, als een verademing en zei dat ik voetballende vrouwen een belediging van die sport vind. En het is volgens mij ook slecht voor het gras. Daarbij wil ik er ook niet per ongeluk naar kijken. Dus dat mijn zoon zijn wedstrijdje speelt en dat ik op het veld erachter onbewust een stel met een bal strompelende vrouwen moet gadeslaan. Vrouwenvoetbal is in mijn ogen een misverstand. De door God gezonden Messi heeft dit gietijzeren vooroordeel afgelopen dinsdag nog eens stevig bevestigd. Voetbal is een jongensdingetje.

Volgens mijn vriendin moest de in haar ogen oerconservatieve voetbalvereniging (een volgens haar naar ongewassen oksels en gematteerde sigaren riekend mannenbolwerk!) vrouwen als actief lid toelaten. De dames op de club hebben nu namelijk wel bardienst

en sponsen de wc's. Vrijwillig doen ze dit. Niet onder dwang. Ik opperde dat het vrouwen vrij staat om een eigen voetbalclub te beginnen. Het is dan aan de leden van deze vrouwenclub om ooit in een vergadering te besluiten mannen binnen de krijtlijnen te tolereren. Ik kan me heel goed voorstellen dat een vrouwenvoetbalclub geen mannen wil. Zelfs niet als supporter. Van deze laatste soort zullen ze overigens ook niet echt last krijgen.
De vrijheid van vereniging is toch het hoogste goed in onze democratie? Als een stel potten een club opricht van linkshandige lesbiennes, die in hun vrije tijd rechtsdraaiende biologische yoghurt willen kloppen, dan moeten ze die club oprichten. Ik wil daar geen lid van worden. Ik haat yoghurt. Zeker als die ook nog eens rechtsdraaiend is.
Daarom begrijp ik de uitspraak van de Hoge Raad in de zaak van de SGP niet. Laat die mensen. In mijn ogen zijn die SGP ers allemaal sneue godvrezende kneuzen, die zich gebukt onder zware statenbijbels door hun eenmalige levens worstelen en ik zal ze nooit bellen om mij een inschrijvingsformulier te sturen. Maar als die mensen het in zo'n muf Veluws clubje prettig met elkaar hebben, waarom zouden wij ons daar dan mee bemoeien? Als een van hun beginselen nou het seksueel misbruik van misdienaars of het afranselen van demente bejaarden was, dan zou ik de bemoeienis snappen. Maar dat vrouwen binnen die club niet mogen stemmen is toch geen halszaak?

Ik bedoel: in deze tijd van internet en andere jakkerende media voelt de meest muffe gereformeerde muts toch aan haar gebreide slip dat haar clubje middeleeuws is? En ze kan toch weg wanneer ze wil? Er vertrekt volgens mij ieder uur een bus uit Nunspeet. Ze worden toch niet gedwongen om bij die club te gaan?
Dat vind ik nou het leuke van ons land. De vele, vele zaaltjes met wekelijkse en maandelijkse bijeenkomsten van sjoelbakbejaardenclubjes, snordragersverenigingen en wonderlijke pijprokersgezelschappen. En allemaal met hun eigen voorwaarden en regels. Binnen de muren van het clubhuis staat het toch iedereen vrij om te doen en laten wat hij of zij wil? Zolang het niet strafwettelijk verboden is. Als de snordragersvereniging geen vrouwen wil dan moeten ze dat vooral niet willen. Een club is een club en stelt zijn eigen regels. Net als een politieke partij. En het is aan de kiezer om er wel of niet op te stemmen.
In Amsterdam staat D66 op dit moment voor *Draaikonten66*, maar moet de Hoge Raad nou binnenkort bepalen dat er binnen een politieke partij niet meer gedraaikont mag worden? Dan kan het CDA zichzelf onmiddellijk opheffen.
Kortom: vrijheid, blijheid. Ieder clubje zijn eigen regels. Hoe zielig en conservatief mensen ook denken, geef ze de kans om zielig en conservatief te denken. Zo hebben de *Telegraaf*-lezers hun eigen krant en de muziekhaters Jan Smit. Wie ben ik om dat te verbieden?

Laatst hoorde ik Mariëtte Hamer en Agnes Kant tegen elkaar stamelen en dacht ik heel stiekem: die SGP heeft het nog niet zo gek bekeken.

Stof tot nadenken

Dit stukje schrijf ik in Bergen aan Zee, waar de blushelikopter af en aan vliegt richting het nog steeds zacht smeulende bos. Het lijkt me heerlijk om die helikopterpiloot te zijn. Helemaal alleen in de lucht. Verder echt niemand. Zelfs de koningin moet met de trein naar een of ander muf bedrijfsuitje in Denemarken. Op Schiphol staan onderhand lange rijen gefrustreerde klagers te sputteren. In plaats van een treintje naar de binnenstad te pakken staan ze een potje zeikerig te zeveren over het feit dat ze niet naar hun flatje in een of andere grijze buitenwijk kunnen. Wat zijn mensen toch tutmutsen. Ik zou het wel weten als ik in een stad als Amsterdam zou stranden. Eerst mijn baas bellen dat ik voorlopig niet kan komen, dan een taxi naar de grachtengordel nemen, de magistrale exposities in het Van Gogh en de Hermitage bezoeken, een paar bruine kroegen leegdrinken, een coffeeshopje opsnuiven, even over de Wallen zwalken en me daar door een pooier laten uitleggen dat er weer hoop is voor deze buurt, omdat onze bekendste hoerenloper zich als burgemeesterskandidaat gemeld heeft. Dat betekent begrip voor de branche. Eindelijk een bestuurder die vanuit de klant kijkt.

Heerlijk toch als de wereld, zoals nu op IJsland, een flinke boer of wind laat en even goed van slag is. Geen mooier leven dan een ontregeld leven. Het zou toch geweldig zijn als de aardbol nog even doorpruttelt en het vliegverkeer een maand of twee stil komt te liggen. Een relativeringsmomentje. Wat een feest als je vakantie naar die verschrikkelijke Canarische Eilanden niet doorgaat of dat je niet naar Benidorm of een ander gruweloord hoeft. Dat een zinloze zakenreis naar een of ander grijs kantoor op een Zuidas aan de andere kant van de wereld geen doorgang kan vinden. En wat te denken dat je niet naar dat op voorhand mislukte huwelijk van je neef hoeft of naar een tragisch jubileum van een of andere oom of tante. Hoe prettig is het als je als zakenman nog twee maanden in New York moet blijven? Het liefst op kosten van een veel te rijke verzekeringsmaatschappij. Heerlijk toch? Dan ga je toch niet staan klagen dat je het liefst zo snel mogelijk terug wilt naar je saaie mokkel en puberende kinderen in die droeve doorzon in Alphen aan den Rijn? Grijp die stad bij zijn lurven en leef jezelf leeg. Wat een feest moet het zijn als je als supporter niet naar het WK badminton in Manchester kunt.

Moet ook steeds denken aan de mensen in Halfweg en Zwanenburg die niet kunnen slapen van de stilte. Voor het eerst in jaren denderen er geen Boeings door hun dromen. Ze gaan piekeren over de tekst die de Engelse minister van Financiën naar zijn IJslandse collega moet mailen: Cash!! No ash! Of over Koos H., die van de schadevergoeding die hij na dit weekend krijgt, een huis naast de Gooise villa van Peter R. de Vries koopt. En wat te denken van de blije Belgen die niet verder hoeven met de uiterst onbetrouwbare Dick Advocaat en ook nog eens een flinke zak geld van de kleine generaal gaan ontvangen. Na de vernederende Fortis-malaise gun ik dat onze zuiderburen zeer en ik raad ze aan om Haagse Dickie helemaal kaal te plukken. Zijn haar zit al redelijk los. De Russische maffia staat garant. Dickie pakt minimaal dertig miljoen en volgens Rijkman Groenink word je botergeil als je dat bedrag op je bankafschrift ziet staan. Trots vertelde hij deze week, zonder enige vorm van schaamte, hoe heerlijk hij het nu heeft. Ik vrees toch dat bij het uitbreken van de nieuwe revolutie hij als eerste aan de beurt is.

Onderhand vraag ik me af of dit weekend het dienstreisje van de paus naar Malta doorgaat. Hij zou op dat eiland over de aan misdienaars likkende geestelijken babbelen. Geluk dat dat niet hoeft. Wat hij nu gaat zeggen? Wat hij altijd zegt: ‘Bedenk dat gij stof zijt en tot stof zult wederkeren!’

Aarsbisschoppen

‘De arrogantie,’ brieste God. ‘De arrogantie van die godvergeten teringroomsen, die al eeuwen denken dat ze met mijn schepping kunnen sollen. Ik heb de man de vrouw gegeven en de vrouw de man om af en toe even gezond aan elkaar te zitten. Als ze dat allebei goed doen dan lucht dat beiden enorm op. Mijn persoonlijke advies is om minimaal een paar keer per week te hutseflutsen. Goed voor de prostaat, de eierstokken en het anders veel te vlug dichtslibbende hoofd. Het heet niet voor niks vrijen. Seks bevrijdt! En wat verzonnen die muffe katho’s? Ten eerste dat je het alleen maar mag doen met als doel dat je kinderen maakt en ten tweede dat consumptieseks totaal uit den boze is. Gewoon een eigentijdse wip met een rubbertje om de leuter is ten strengste verboden. Miljoenen mensen hebben daardoor onnodig aids gekregen. En dit alles wordt die arme gelovigen wijsgemaakt door pastoors, kapelaans, bisschoppen en kardinalen die hun opgewonden leuter regelmatig in kleine onschuldige jongetjes propten en nog steeds proppen. Want u denkt toch niet dat het nu

niet meer gebeurt? Over consumptieseks gesproken! Viespeuken zijn het. Smeerkezen! Jongens die hem gewoon regelmatig in een dame moeten duwen of van mijn part in elkaar, maar toch niet in kleine jongetjes en meisjes! Waar halen ze de gore moed vandaan?
Eerst gingen ze al, terwijl de halve bevolking stierf van de honger, te mijner eer en glorie buitenproportionele kerkgebouwen neerplempen en die vulden ze met de meest idiote gouden kelken, monstransen en ander belachelijk tafelzilver, maar in de spelonken en keldertjes van die gebouwen begonnen ze ook nog eens aan onschuldige kinderen te likken. Waar staat het dat ik wil dat er door religieuzen niet met volwassenen geneukt wordt? Welke debiel heeft dat verzonnen? Wie zegt dat nonnen niet af toe met de genotsknots van meneer pastoor mogen spelen? Ik niet. Het is goed voor de non en goed voor de pastoor! Het is toch verschrikkelijk dat een stelletje seksueel gefrustreerden in die kerk de dienst uitmaakt! Dat zij bepalen of men wel of geen condoom mag gebruiken. Sneue idioten. Zelf doen ze de meest belachelijke jurken aan, hijsen zich in sneue kazuifels, wapperen op hoogtijdagen met wierookvaten naar elkaar en geselen af en toe zichzelf. Dat moeten ze allemaal zelf weten, maar blijf met je vieze vingers van kinderen af.
Ik heb de vrouw toch niet geschapen om er niet aan te komen? Integendeel. Waardeer mijn schepping en leef je uit. Vier het feest van de liefde! Hou op met je zalvende praatjes en je vieze adviezen aan arme mensen die

nog geen bordje hebben om hun kind te voeden. Smeerpijpen zijn jullie. En zeg nou niet dat het om een topje van de ijsberg gaat, sodemieter toch op, het gaat om jullie allemaal. Alle priesters zijn stuk voor stuk smeerpijpen. Roomse rukkers. Nu mag de ene na de andere bisschop opstappen. De een heeft wezen gemept, de ander kleuters opgewreven, weer een ander een familielid misbruikt en dat allemaal omdat ze zich wilden onthouden. Onthouden van het lekkerste dat ik de mens heb gegeven, namelijk seks! Wat nou celibaat? Flikker op met die onzin. Frunnik en punnik tot je een ons weegt! Hou op met dat gefrustreerde gedoe. En blijf met je poten van de kinderen af. In Vasse is de Pastoor Visserstraat en die pastoor blijkt ook een onbedaarlijke viespeuk te zijn geweest. Weg met die straat! Noem maar een klein, nauw, doodlopend steegje naar hem. Dat vond hij toch zo lekker?
Die Duitse kutpaus met zijn schijnheilige kardinalen en aartsbisschoppen. Aarsbisschoppen zal je bedoelen. Als ze maar weten dat ik me terugtrek. Ik wil met die pedofiele rukrakkers geen fuck meer te maken hebben. Opzouten. Wegwezen. En geen slappe excuses. Geen bibberig geneuzel. Gewoon de regels veranderen. Alle religieuzen minimaal een keer per week aan elkaar zitten. Goed en stevig! Anders laat ik alle vulkanen tegelijk op ze los!'

Albert Verlintje

Zal Trix regelmatig met het bord op schoot naar RTL *Boulevard* kijken? Dat ze haar kruimige aardappeltje zit te prakken terwijl ze kijkt naar illegaal verkregen beelden van een tongende soapster met een beroemde voetballer?

Weet de vorstin dat die beelden zijn gestolen door de medewerker van de parkeergarage waarin de zoenpartij zich afspeelt en dat de presentator van het programma dus eigenlijk gewoon een ordinaire heler is? Realiseert ze zich dat niet? Of wel? Is het een onderwerp voor haar jaarlijkse kersttoespraak? Daarin mag ze graag vertellen hoe we met zijn allen afglijden. Hoe verschrikkelijk oppervlakkig we in de loop der jaren zijn geworden met ons weinig diepzinnige ge-chat en ge-sms. Het is toch vreselijk dat we zo liederlijk met elkaar omgaan? Het gaat om aandacht en respect en naastenliefde en oprechte belangstelling en liefde en zorgzaamheid en...

Dan is het misschien toch interessant om eens wat aandacht te besteden aan het feit dat miljoenen mensen

loeren naar gestolen beelden van een stel dat denkt geheel onbespied elkaar te kussen. Ik vind het wel een kerstonderwerp.
Moet altijd lachen om die jaarlijkse toespraken. Vooral omdat ze die woorden schrijft in een kamer, terwijl in de ruimte ernaast iemand de duistere fiscale constructies voor haar zus Marijke in elkaar zit te flansen. Constructies waar ze bij Goldman Sachs nog wat van kunnen leren. Dezelfde boekhouder moet diezelfde middag ook nog eens de meest rare bedragen naar allerlei door haar vader verwekte halfbroertjes en -zusjes overmaken. En zij onderhand maar puzzelen op woorden als respect, zorgzaam, liefde en aandacht.
Maar terug naar RTL. Zal Trix daar nou wel of niet naar kijken? Ze wil toch voeling houden met haar klootjesvolk. Simpele zielen die een hele winter figuurzagen voor een decor voor een uurtje koninklijk bezoek op Koninginnedag. Aandoenlijke lieverds.
Misschien kijkt ze wel naar Boulevard om te weten hoe het met haar eigen familie gaat. De redactie van het programma houdt de halve familie met telelenzen voortdurend onder schot. Omdat het volk daar tussen het figuurzagen door nou eenmaal recht op heeft. En ze leert nog eens iets over tweedehands musicals, die niet echt lekker lopen. Dat laatste wordt niet verteld omdat de dienstdoende journalist tevens de producent is. Dus vertelt de producent dat het fantastisch en hartverwarmend is. Derdehands sterren zitten ondertussen bij de journalist op schoot om over een bloederige

bevalling te kletsen. Het aantal centimeters ontsluiting, de kracht van de persweeën en de radeloosheid van de werpende moeder worden doorgenomen, waarna de eerste foto's van de liefdesbaby met het hele land worden gedeeld.

Zal onze vorstin meegenieten? Ik vrees van wel. Ze zag zelfs onze premier in het hoogstaande programma een avondlang kakelen om op die manier wat stemmen bij elkaar te rapen. Vond ik zelf een van de grappigste momenten uit de Nederlandse politieke geschiedenis. De minister-president, die zelf graag schermt met normen en waarden, aan tafel bij een kakelende roddelkont. Voor mij was het het definitieve failliet van de politiek en de premier in het bijzonder. Maar terug naar onze vorstin met haar kersttoespraakjes vol oprechte bezorgdheid over haar figuurzagende volk en de zeephelling waar het zich op bevindt.

Diezelfde vorstin, die dus niet gek is, die weet waar ze het over heeft, die wij jaarlijks stevig honoreren, die in tijden van crisis niet bereid is om maar een eurocent in te leveren, die wil dat we ouderwets tegen haar opkijken, die hecht aan enige afstand met haar onderdanen, die vorstin heeft het dus behaagd om de presentator van het roddelprogramma, tevens de heler van gestolen videobeelden, te benoemen tot ridder in de orde van Oranje-Nassau. Zo benieuwd naar de komende kersttoespraak!

Kies voor jezelf

Laat ik ook dit jaar maar weer eens beginnen met een lampje, een lichtje. In donkere tijden toch altijd een teken van hoop. En ik vind het persoonlijk het lekkerste begin van mijn kersttoespraak. Dat ik iets zeg als: Kerstmis is het feest van het licht. Van het feestelijke licht. Dat snapt iedereen. Niemand denkt: mens zo begin je al jaren. Waarom niet? Omdat niemand zich mijn vorige kersttoespraak herinnert. De vraag is of er, behalve een handjevol eenzame bejaarden, überhaupt wel mensen luisteren naar mijn jaarlijkse riedel op eerste kerstdag. Volgens mij is het mijn meest zinloze toespraak.

U merkt al dat ik dit jaar een geheel andere toon aansla. Dat doe ik expres. Al dat wollige gewauwel zet ik vanaf nu over boord. Daar ben ik voorlopig klaar mee. Voor de grap heb ik wat oude kersttoespraken op dvd bekeken en ik schrok echt. Wat een aanstellerig gedoe, dacht ik. Totaal uit de tijd. Ik wil losser, vrolijker en vooral dichter bij de praktijk. Ik wil een van u zijn. Of nog losser: een van jullie!

Ter zake: dit jaar kom ik niet met gedoe over de crisis of dat we ook aan de mensen moeten denken die het minder gemakkelijk hebben en dat we daar solidair mee moeten zijn. Ben je gek. Dit jaar richt ik me op het individu. Op u dus. Op jou! Mijn advies is: Leef! Neem risico! Wees niet saai en zeker niet te braaf.

Voorbeeld is mijn jongste zus Marijke (jullie noemen haar tegenwoordig Christina, maar bij ons heet ze zo niet. Net als Laurentien die wij ook gewoon Petra noemen. Zo heet ze namelijk. Dat veranderen van je naam vind ik zo aanstellerig, maar dit terzijde). Marijke heeft het niet gemakkelijk. Buiten haar visuele handicap is ze ook nog eens gescheiden en heeft ze een hobby waar ze niemand een plezier mee doet. Ze zingt erbarmelijk. Iedereen weet dat, maar niemand durft dat tegen haar te zeggen. Voor haar is het moeilijk om de eindjes aan elkaar te knopen. Ze heeft niet echt een vast inkomen. Nou had mijn vader rechts en links en zwart en wit nogal wat bij elkaar gegraaid en haar erfdeel is daarom aanzienlijk. Ondanks het feit dat ze het met meer zusjes moet delen dan waar ze in eerste instantie op gerekend had. U weet dat je in dit land onbeschoft veel successierechten betaalt. Wat heeft mijn zus gedaan? In samenwerking met een slinks accountantskantoor de belasting ontdoken. Zelf noemt ze het ontwijken, maar het komt natuurlijk op hetzelfde neer. Ze heeft een slimme route via Guernsey gevonden. Ik vind dat geweldig. Opkomen voor jezelf! En dat ze op het randje opereert? Nou en, dat is toch leuk? Aan de rand van het

ravijn bloeien nu eenmaal de mooiste bloemen. En ik vind dat ze zich goed aanpast aan het volk. Aan oplichters als de Noord-Hollandse kaasmakerzoon, ook wel de Woekeraar van Wognum genoemd. En aan financiële schuinsmarcheerders als Harry Mens en Gerrit Zalm. Zij hebben de trend gezet en mijn zus volgt gedwee. Opkomen voor jezelf, ofwel: pakken wat je pakken kan.
Mijn zus heeft mij ook weer geïnspireerd. Toen Balkje (dat is hier op het paleis zijn kleinerende koosnaampje) mij dreigde met korting op mijn jaarlijkse uitkering heb ik hem nog net niet gegijzeld. Maar ik heb hem wel gezegd dat hij 24 uur de tijd had om met een beter voorstel te komen. Nog nooit iemand zo nerveus zien vertrekken. En u weet inmiddels: ondergetekende levert geen duppie in. Wij houden niet van nederlagen.
Nu hoor ik u denken: En haar oudste zoon met zijn stulpje in Mozambique dan? Dat is een ander verhaal. Ook hij en Max hebben voor zichzelf gekozen. Ze hadden geen trek meer in dat maffiose project, waaraan allerhande louche types miljoenen verdienden. Daarbij werden ze van hun toekomstige buren natuurlijk ook niet vrolijk. Je hebt stinkend rijk en stinkend rijk, maar dit volk meurde meer dan drie Ruhrgebieden bij elkaar. De zogenaamde kritiek was een mooie smoes om het van de hand te doen. Ik heb het ze geadviseerd. Zelden zoveel desolate bungalows bij elkaar gezien. Deze eenzaamheid wilde ik vooral mijn kleindochters niet aandoen.

Kom op voor jezelf. Dat is mijn kerstmotto! Daarom is die rare Edwin de Roy de laatste maanden enorm in mijn achting gestegen. Vals factuurtje naar een louche vastgoedboer, op naam van zijn toenmalige vrouw nog even zeventig ruggen geleend en, ook belangrijk, nooit terugbetaald. Ik mag dat wel. Mijn vader noemde dat: niet lullen, maar poetsen.
Kortom: mijn boodschap van deze kerst is: Kies voor jezelf. Neem het ervan. Schep nog eens op. Leeg de flessen tot de laatste druppel. Niks meer, niks minder. En ik hoop dat u een beetje aan mijn nieuwe toon gaat wennen. Ga nu alleen nog proberen om mijn accent iets meer richting het volk te buigen. Want ik geef toe: buitenproportioneel bekakt. Volgend jaar hoop ik u te verassen met een zacht plat Haags accent. Ik krijg les van Kees van Kooten. Voorlopig wens ik jullie een mooie kerst en pak na een goed diner een taxi. Houdoe!!

Trix

Wakker schreeuwen

Al eeuwen schreeuwen de Amsterdamse zwervers zich door hun dakloze levens. Ze schooien wat schamele muntjes bij elkaar, drinken braaf hun flessen leeg en slapen in de keurig aangemeerde sloepjes van de hardwerkende grachtenkakkers, die zich daar weer verschrikkelijk over opwinden. Iets waar ik op mijn beurt heel hard om moet lachen.

Dat schreeuwen doen ze individueel en op niet van tevoren geplande momenten. Voetbalsupporters gaan met duizenden tegelijk twee keer drie kwartier in een stadion hele rare dingen roepen naar tweeëntwintig miljonairtjes. Zo'n middagje krijsen en schelden schijnt enorm op te luchten. Dan kun je er weer een weekje tegen.

Zwervers hebben dat soort bijeenkomsten niet. Die moeten het alleen doen en kiezen af en toe rare momenten. De stomdronken Damschreeuwer vond de twee minuten stilte een mooie gelegenheid om verward te gaan brabbelen en liet zijn tirade poëtisch uitmonden in een radeloze oerbrul. Daarop liet een meneer zijn koffertje vallen, begon een paniektype 'Bom, bom, bom!!!' te roepen en binnen tien seconden was de chaos compleet. Meer dan zestig gewonden was de schade. Genoeg stof voor wekenlang gestotter in de media. De deskundigen vallen in de praatprogramma's weer over elkaar heen.

Was het de schuld van de zwerver? Natuurlijk niet. Dronken krijsen is zijn vak en hij kan toch niet weten dat de massa sinds 11 september 2001 zo opgefokt is dat bij de minste of geringste zucht de pleuris uitbreekt. En het komt natuurlijk niet alleen door 11 september. Volkert, Mohammed en Karst hebben ook hun steentjes bijgedragen. En Geert en Rita doen er alles aan om de angst bij het klootjesvolk te vergroten.

Het is toch ronduit grappig dat een schreeuw van een zwerver zoveel paniek kan veroorzaken. Dan is er toch iets aan de hand? Een Koninginnedag die een zogenaamd feestje is, terwijl de helft van het met vlaggetjes zwaaiende volk uit beveiligers bestaat, is toch iets om heel hard in de lach te schieten? Dat een hele stad een avondlang geen biertje meer mag nuttigen omdat twee voetbalteams om een of andere Mickey Mouse-beker strijden is toch een gegeven om diep over na te denken? Dan is het toch ergens misgegaan?

'Zwerver langer vast', las ik een aantal keren en ik merkte aan het volk om mij heen dat men daar tevreden over was. Het woord doodstraf is nog niet gevallen, maar dat de man levenslang verdient, is voor velen duidelijk. Hij heeft die gewonden op zijn geweten. Ter-

wijl ik denk: laat die man vrij. Die gek deed gewoon zijn werk. Zwervers schreeuwen, krijsen, foeteren en drinken, zoals een voormalig bankier als Scheringa de boel tilde, voorloog en besodemieterde. Die is daar toch ook niet voor vastgezet? Ieder zijn werk.
Natuurlijk was het moment onhandig, maar eigenlijk ook wel weer leerzaam. De man raakte in één keer de open zenuw van onze samenleving. Inmiddels heeft de stumper zijn excuses aangeboden. Maar weet hij veel. Hij is niet ziek, wij zijn het. Opgefokte doodsangst beheerst ons leven. Eén kreet en we stuiven uit elkaar. Volgens mij moeten we ook niet boos op hem zijn, maar hem juist bedanken. Voor de zoveelste keer sprak een dronken man de waarheid. Hij schreeuwde ons wakker. Hij maakte met één kreet duidelijk wat er werkelijk aan de hand is. Een massa angsthazen stond te bibberen op de Dam en bij het eerste het beste geluidje donderden ze over elkaar heen. Dat is er gaande. De doodsangst regeert. Misschien kun je beter zeggen: de doodsangst dicteert! Iedereen is voortdurend op zijn of haar hoede.
En nu? Ik vrees dat het OM wel iets vindt om de man lang vast te zetten en hij zal ongetwijfeld veroordeeld worden. Een jaar? Twee jaar? Misschien ook wel lekker voor hem. Twee winters een dak boven zijn hoofd. Maar de vraag blijft of hij schuldig is. Hoe ziek is de man? Of liever: hoe ziek zijn wij? Ik denk zelf dat we doodziek zijn. Zenuwziek. Ongeneeslijk? Ja!

Slachtofferporno

Toen Wouter Bos op zijn werk vertelde dat hij wat meer aandacht aan zijn gezin wilde besteden, vertelde Jack de Vries aan zijn gezin dat hij zich wat meer op zijn werk ging concentreren. Workaholic heet dat.

Dan sta je niet alleen met je werk op, maar ga je er ook mee naar bed. Ik begrijp dat Jack inmiddels is afgetreden. Jammer. Had hem namelijk willen vragen om een klusje voor mij te klaren. Een klein precisiebombardement op het huis van *Telegraaf*-journaliste Jolande van der Graaf.

Met gewonden? Van mij mag het gezin dood. Hoewel? Misschien is het leuk als haar kind van negen het overleeft. Liefst zwaargewond. Eerst mag het kind in coma, zodat ik rustig wat foto's kan maken die ik uiteraard publiceer en als het net bijkomt van een zware operatie ga ik het bellen en het gevoerde gesprek publiceer ik in *De Telegraaf*. Dat is de enige krant die dit soort misselijkmakende troep wil afdrukken.

Of Jolande dit niet heel erg zal vinden? Ze is dood, dus ze heeft niks te willen en daarbij weet ik nu al dat ze een

groot voorstander is van dit soort journalistiek.
Gisteren stond er namelijk een door haar afgenomen interview met de kleine Ruben, het zwaargewonde mannetje dat de vliegramp van Tripoli overleefde, op de voorpagina van deze wakkere krant. Een schaamtelozer stuk heb ik zelden gelezen. Slachtofferporno. Weet niet of je alleen verbijsterd moet zijn over deze hoogblonde Jolande of dat je je toch ook stevig mag verbazen over die ijdele hoofdredacteur Sjuul Paradijs. Die plaatst dit stuk. Misschien heeft hij die domme doos van Van der Graaf wel opdracht gegeven om hoe dan ook in contact te komen met het zwaargewonde Tilburgse weesje, dat totaal in shock in een Libische ziekenhuiskamer lag bij te komen van de verschrikkelijke crash.
Hoe steken dit soort mensen in elkaar? Wat hebben zij ooit van hun ouders geleerd? Waar liggen überhaupt hun grenzen? Of zijn die er gewoon niet? Had dat kind maar niet in dat vliegtuig moeten gaan zitten en zeker niet als enige de ramp moeten overleven. Dan ben je vogelvrij.
Wij, de kijkers en de lezers, hebben recht op alle informatie over zo'n hulpeloze ziel.
Eerlijk gezegd heb ik geen idee hoeveel mensen er op de redactie van *De Telegraaf* ronddarren, maar er moeten er toch een paar tussen lopen die gewoon gezond gaan kotsen als er op de redactievergadering besloten wordt om contact met dat kind te zoeken?
Dat je als vader of moeder van een gezin naar het bu-

reau van die blonde Van der Graaf loopt en spontaan je lunch over haar heen vomeert. En dat je zonder 'sorry' te zeggen het pand verlaat om er daarna nooit meer terug te keren. En dat je daar ook geen spijt van krijgt. Sterker nog: dat je hoopt dat die blonde muts je voor het gerecht daagt zodat je je daad daar nog eens kan toelichten. Hoe? Door in de rechtbank nog een keer over haar heen te kotsen.
Minister Verhagen heeft bij *Pauw & Witteman* een oproep gedaan om het mannetje met rust te laten, maar ik vrees dat het te laat is. Ze laten dat jochie namelijk niet met rust. Nu niet en de komende jaren zeker niet. Ruben gaat zijn eenzame leven met ons delen. Genadeloos zullen zij hem overal volgen. En niet alleen die honden van *De Telegraaf* zullen hem het leven zuur maken. Alle nieuwsmedia hebben in de loop der jaren hun grenzen laten vervagen. Omdat het volk smult. Gulzig knaagt men het vlees van Rubens gebroken botjes. Aasgierige lezers en hongerige kijkers vinden dat ze ook recht hebben op al het nieuws. Geen centimeter privacy voor de slachtoffers. Kwijlende kijkerskinnen, hongergeile lezersogen.
Wat dat betreft lijkt een precisiebombardement op die Van der Graaf me eigenlijk zinloos. Wat mij betreft had Jack het hele land platgegooid. Was voor hemzelf ook niet slecht geweest.

Boze barkeeper

Boze barkeeper woensdagavond. Sjoerd heet hij. We hadden met de andere stamgasten stevig staan innemen en het Nederlandse wereldnieuws doorgenomen. Het was de dag van *Kom uit de fles*, een initiatief van de Jellinek. Wat dat is? Het komt erop neer dat je moet toegeven dat je bij die 1,2 miljoen verslaafden hoort. Ik hoorde pas die avond dat een van de beste vrienden van Ramses Shaffy verslavingsarts is. Vind ik grappig. Heel grappig zelfs.

Natuurlijk hadden we het over de consequenties voor nieuwslezeres Eva Jinek, die het nieuwe programma *Nieuwsuur* niet mag presenteren omdat ze dat niet kan combineren met haar verse liefdesleven. De hele kroeg was boos. Men keek naar mij. Wat ik ervan vond? Je zal dat nieuws moeten lezen, dacht ik. Ik zou, als ik haar was, er een goede advocaat op zetten!

Maar de barkeeper was dus boos. Jammer, want het was een vrolijke avond geweest. We hadden met het halve café Louis van Gaal maar weer eens nagedaan. Hoe hij zal doen als hij vanavond de Champions

League wint. Ontploft hij ter plekke? Doet hij een dansje in zijn *lederhosen*? Komt Truus als Frau Antje op het bordes? Laat hij de fans strak marcheren?
Verder hadden een paar mensen het over mijn column van vorige week. Waarom ik die domme *Jolande van de Telegraaf* doodgewenst had? Omdat anders haar kind geen wees was geweest en ik haar zwaargewonde koter geen vragen in een ziekenhuisbed had kunnen stellen. Ik legde uit dat het een column was. Een woordendingetje! Een antwoord op die enge heks, die zogenaamd per ongeluk doordrong tot de ziekenhuiskamer van die arme Ruben. Ik citeerde Louis maar weer eens: 'Ben ik nou zo dom?'
Maar de barkeeper was dus boos. Althans op het eind van de avond toen het op betalen aankwam. Daarvoor was het leuk. We vroegen ons af waarom die Pechtold zo chic bleef tegen die dikke engerd van de *Weekend*. Zal Alexander tijdens deze verkiezingscampagne één lettergreep aan *HP/De Tijd* gunnen? Dan is hij mijn stem zeker kwijt.
Dit alles maakte de barkeeper niet boos. Ook niet toen we het over de privéreisjeskostenvergoeding van de Koninklijke Familie kregen. Die kakkers moeten binnenkort hun eigen portemonnee trekken als ze op vakantie willen. Een diep medelijden gonsde door de kroeg. Dat wordt kamperen in de buurt van Ommen. Laurentien en Mabel met zo'n pleerol richting de campingplee. En Máxima die de bingo en het badmintontoernooi voor de bejaarde campinggasten organiseert. Dit alles in de regen.

Toch was Sjoerd, de barkeeper boos. Boos omdat we niet wilden betalen. Volgens ons hoefden we ook niks te betalen. We hadden ons geld aan mijn beste vriend Patrick gegeven en die zou betalen. Dus Sjoerd moest bij hem zijn. Patrick ontkende niet dat hij het geld van ons had gekregen, maar zei dat het een oude schuld van ons aan hem was. Meer niet. Daarbij had hij geen drank besteld. Dat hadden wij gedaan. Maar wij zeiden weer dat we dachten dat we de drank van Patrick hadden gekregen. Hij gaf steeds de glazen door. Sjoerd, de barkeeper, zei daarop dat hij met ons onderlinge gesteggel niks te maken had en dat hij gewoon euro's wilde zien. Wij probeerden hem uit te leggen dat de euro binnenkort geen stuiver meer waard is. Nog minder dan de Griekse drachme. Patrick zei dat hij wel meegedronken had, maar dat hij niet besteld had. Hij had alles gekregen. Wij hielden vol dat wij het van hem hadden gekregen en vroegen om het juridisch bewijs van onze bestelling.
Sjoerd stond te trillen van woede. Hij wilde gewoon zijn geld. Hij had bier geleverd en niet alleen bier. Ook gezelligheid, onderkomen, muziek, borrelnootjes, toiletgelegenheid en licht! We konden hem helaas niet helpen en lieten hem totaal ontredderd achter. Patrick wist niet dat Sjoerd Sjoerd heette en verliet daarom het café met een keurig 'Dag meneer Kooistra'.

Kiplekker

Werknemers van de Chinese iPhone-fabriek plegen veelvuldig zelfmoord en de directie van dat bedrijf vindt dat lastig. Vooral organisatorisch. Nu moeten ze van hun bazen een verklaring tekenen waarin ze beloven dat ze geen zelfmoord zullen plegen. Ik word vrolijk van zo'n bericht en vraag me af wat de sancties zullen zijn als je het toch doet. Dus je bent stout en je verhangt je aan drie aan elkaar geknoopte snoertjes van een oplader. Niet mee naar het jaarlijkse personeelsuitje? Geen dertiende maand? Op staande voet ontslag?

Die dertiende maand was een grapje. Ze krijgen nog niet eens een 366e dag. Wat zeg ik? Nog geen minuutje. Daarom plegen die mensen uiteindelijk ook zelfmoord. Door de mensonterende arbeidsomstandigheden. Zal dat de westerse iPhone-eigenaren hinderen? Dat je op zo'n ding zit te sms'en of te bellen en dat je je realiseert dat dat ding voor drie slierten lauwe bami in elkaar is gefrunnikt door een paar bibberende kinderklauwtjes. En dat je van dat idee een beetje misselijk wordt. Lijkt me inderdaad niet lekker bellen. Zeker niet als je ook al een overhemd draagt dat door een kleuter in elkaar is genaaid, net als je door een zuigeling in elkaar gestikte schoenen van Nike. Schoenen die wel weer heel hip zijn. Onder het motto *Bij dit soort dingen kan je nou eenmaal niet stilstaan* leven we hier in het westen vrolijker dan ooit. Werkgevers excuseren zich dat als zij die elektronica en kleding daar niet laten maken dat een ander dat dan doet en dat zij dan failliet gaan. Onder dat zelfde motto martelen we ook al jaren onze dieren. Een gezonde Hollandse boer zegt: 'Mensen vreten toch de goedkoopste kippen! En daarbij hoef je dan minder naar de dokter. Een goede soepkip staat gelijk aan een stevige antibioticakuur'. Nog even en je kan niet meer tegen je dokter zeggen dat je je kiplekker voelt!

Lief dat wij het altijd over *lagelonenlanden* in plaats van *hongerlonenlanden* hebben. Dat laatste klinkt namelijk te negatief. Wilders en andere Rita's denken onderhand: laten we ze daar in het Verre Oosten maar lekker uitbuiten en goed van hun hongerloontjes profiteren, dan werken ze tenminste en komen ze voorlopig niet onze kant uit.

Leuk dat dit soort onderwerpen bijna niet ter sprake komt in de lijstrukkersdebatten. Wat een mooie retro-tv is dat trouwens. Je voelt je toch echt in het begin van de jaren zestig van de vorige eeuw. We schakelen over naar Carré en al die mannen dragen hetzelfde grijze kostuum. Precies hetzelfde confectiepak en allemaal dezelfde das. Een voorspelbaar kleurverschilletje. Meer niet. Urkse en Veenendaalse ouderlingen aan het begin van een loodzware synode. Als je aan een buitenlander vraagt wie de socialist van het zootje is, zal het hem niet lukken om die aan te wijzen. Als je dan ook Jan Peter nog tegen een aardige dame van RTL hoort zeggen *U kijkt zo lief* dan waan je je op een personeelsavond van de Boerenleenbank in Meppel in het jaar 1959. Een soort christelijke spruitjeshumor waar God zelf nog van aan de schijterij raakt. Femke meldde dat ze de premier het liefst een knietje had willen geven. Viel me mee dat de premier niet iets riep dat het knietje van Femke hem wel lekker leek. Wat *Opzij*-mutsen schreeuwden dat het seksistisch was. Ga toch weg. Dat roepen is nog muffer dan wat Jan Peter al riep. Toen de avond daarna onze Sieneke ging kwelen en achter haar een showballetje van twee draaiorgelpoppen bewoog alsof Michael Jackson nooit bestaan had, overwoog ik zelf ook een Chinese suïcide. Wat een verpletterende armoe. Hierna hijsen we onszelf de komende maanden weer massaal in het oranje en lallen we ons weer een maandje dichter bij onze eigen dood. Misschien is dat een goed middel om een te grote toeloop van arme sloebers tegen te gaan. Toon ze beelden van onze politici en oranjesupporters. Een mooie reden om daar te blijven. En als ze toch komen dan zingt Sieneke een welkomstlied.

Stem Rita!

Wat zal ik blij zijn als het woensdag is en dat lijstrukkersgeneuzel voorbij is. Dat vliegjes afvangen, dat koket kijken na de zoveelste dooddoener, die iets te gecoiffeerde koppies, dat Amerikaatje spelen van de televisiepresentatoren, de droeve spelregeltjes van de debatjes. Zelden zoveel Hollandse treurigheid over mijn televisiescherm zien spoelen. Je kunt het natuurlijk ook als amusement zien en er een beetje van genieten. Wil ik best, maar ik merk toch dat ik telkens word overmand door een zwaar soort medelijden. Moet nu al denken aan de volwassen mensen die woensdag in die zaaltjes achter Rutte gaan staan juichen. Blije volwassenen met zo'n partijsjaaltje om. Het sjaaltje van de PVVD. En dan de verliezers, die toch lichtpuntjes zien. Wordt het nou elke keer erger of lijkt het maar zo? Komt het doordat we te veel media hebben en dat ze de kans krijgen zich elke minuut wel ergens aan te stellen of was het vroeger ook al zo? Welke krant je ook openslaat, welke radio, televisie of computer je aanzet, ze stamelen iets onbenulligs over kilometerheffing, hypotheekrenteaftrek en integratie. En ze letten tijdens het kakelen heel goed op of ze goed overkomen. Je hoort de spindoctors roepen dat ze positief moeten zijn. Eindig altijd met iets optimistisch! Kijk in de camera! Glimlach. Ook als je beledigd wordt door je opponent. Antwoord vrolijk!

Sneu? Ja. Heel sneu. En het probleem is dat ze het zelf ook weten. Niet alleen de partijtjesleiders, maar ook de journalisten die de vragen stellen en de debatjes leiden. Aandoenlijk poldergedoe. Wat zullen die Bos, Kant en Eurlings blij zijn dat ze niet meer mee hoefden te doen aan dit derderangs amateurtoneel. En wat zal Rita opgelucht zijn dat het na woensdag definitief voorbij is. Hoewel? Ik ga op haar stemmen. Niet dat ik het met haar kleinburgerlijke opvattingen eens ben, maar domweg omdat ik bang ben dat ze anders verloren gaat voor de Nederlandse politiek. En ze hoort er toch bij. Dit soort dat met kans op 0 zetels met een lijst met zesendertig namen komt, is zo geestig en bezorgt mij zo'n goed humeur, dat ik alleen daarom al op haar stem. Rita moet blijven! Deze intense droefheid mag nooit verdwijnen. Vooral die optimistische toon die ze steeds aanslaat. Achter haar staat Kay van de Linde, die ooit met zijn havoklas op werkweek in Amerika is geweest en sindsdien als verkiezingsdeskundige wordt gezien. Kay zegt steeds tegen Rita dat ze positief moet blijven en Rita volgt dat als een trouw hondje keurig op. Dat betekent dat je altijd hilarische interviews met de schat ziet. Van die hela-hola-houd-er-de-moed-maar-ingesprekjes! Maar ik stem vooral op haar omdat haar promotiefilmpje van een verpletterende schoonheid was. Een door de fijnzinnige Willibrord Frequin in elkaar gedraaid werkje dat zo grappig is. *Koefnoen* en *Jiskefet* ineen. Niet te verzinnen satire. Een meer dan terechte hit op YouTube. Ik heb het inmiddels veertig keer gezien en elke keer hang ik weer huilend van het lachen over mijn toetsenbord. Zulke bodemloos grappige televisie zie je zelden. Vooral die mensen die door Willibrord tot hun kin in een zwembad zijn gezet omdat het water ze zogenaamd aan de lippen staat. Wat was ik graag bij die opnamen geweest. O Rita, lieve Rita, ik vrees dat je woensdag wordt weggevaagd, sterker nog: dat ik de enige ben die op je gestemd heeft, maar gooi de handdoek niet in de ring. Geef niet op. Ga door. Ik ben verslaafd aan de foto's van je partijkantoor. De bitterballengeur walmt van de plaatjes. O Rita, ga door, doe het voor mij, deze eenzame columnist die dagelijks smult van de weeë lucht van Nederlanders als jij. De kledingkeuze, het ontevreden hoofd met dat provinciekapsel, de zeurtoon waarop je je woorden uitspreekt, de idealen die je nastreeft en vooral je aanhangers.

Ga niet weg, Rita. Blijf pogen terug te komen in de Kamer. En blijf met Willibrord filmpjes maken. Doe iets met hoofddoekjes of patat etende Marokkanen. O Rita, ik smeek je: geef niet op.

Breekpunt

Waarom ik op Geert Wilders gestemd heb? Omdat hij wars is van het Haagse gekonkel. Hij doet wat hij belooft. We zijn klaar met die draaikonten van de VVD en het CDA, die uit regeergeilheid hun standpunten binnen de kortste keren aanpassen. Dat hebben we gehad. Nieuwe politiek willen we! Doen wat je zegt.
Breekpunt was dan ook het nieuwe codewoord bij de afgelopen verkiezingsdebatten. Tot nu toe kende ik die term alleen uit het tennis, hoewel ik er bij Joran van der Sloot de laatste tijd ook een paar keer aan moest denken. De nekwervel als breekpunt. Maar dit onderwerp is me eerlijk gezegd te tragisch en te gruwelijk om grappig over te doen. Er zijn grenzen. Hoewel? Afgelopen week zag ik mijn collega's van *Koefnoen* lol trappen over de vrouw van Job Cohen in haar rolstoel. Lang geleden dat ik me zo voor mijn vak heb geschaamd.
Terug naar het politieke breekpunt. Dat is een punt waarover niet valt te steggelen. Dat beloof je. Daarom stemmen ze op je. De hypotheekrenteaftrek was voor een paar partijen zo'n breekpunt. Voor anderen was

het de homoseksualiteit. Meneer pastoor mag alleen aan kleine meisjes en niet aan jongetjes likken! Voor Geert Wilders was het onder andere de AOW-leeftijd. Die blijft op 65! Ook om die reden heb ik op de PVV gestemd. Op mijn 65e wil ik echt uitgewerkt zijn. Tot die tijd mag ik de Limburgse Mozart graag beledigen, maar daarna is het klaar. Geen dag langer. Dat heeft Geert me gegarandeerd.

En wat ik achteraf heel prettig vind aan Geert is dat hij etnische registratie in zijn verkiezingsprogramma heeft opgenomen. Eerlijk gezegd wist ik dat niet, maar de neger Humberto Tan wees mij daar donderdagavond op. Geert wil dat achter iemands naam Antilliaan, Turk of Marokkaan komt te staan. Vind ik mooi. Ik denk dat Turken trots zijn op hun afkomst, net als Marokkanen. Dus dat ze blij zijn met deze registratie. Achter mijn naam komt niks. Of toch het woordje blank? Ariër mag ook. Ben ik trots op. Heerlijk dat zwart op wit staat wie je bent! En het wordt voor Joden verboden om Carglass te bellen om je sterretje te laten verwijderen.

Nu Geert de AOW-leeftijd heeft laten vallen, is Rutte vast wel bereid om de etnische registratie door te voeren. Wie niets te verbergen heeft, heeft niets te vrezen! Daarbij is het wel prettig als alles in kaart is gebracht. En achter Joran zetten we gewoon Antilliaan. Nederlanders doen dit soort dingen namelijk niet!

Droomde vannacht dat het Nederlands elftal wereldkampioen werd. Niet zozeer door Robben, Van der

Vaart en Van Persie, maar vooral door Affelay en Boulahrouz. Affelay werd topscorer en Boulahrouz was de rots in de Hollandse defensie. Hij kleineerde in de finale Messi en scoorde ook nog eens de laatste beslissende penalty. Alle oranje versierde burgermanshuisjes trilden op hun grondvesten. Máxima (Argentijnse) jokte dat ze echt alleen voor Nederland was. Alex (halve Duitser) vertelde dat ze op de tribune ook wel een beetje voor de Argentijnen juichte. Ze versprak zich namelijk een keer. In mijn droom werd het Nederlands elftal gehuldigd in een laveloos Amsterdam. De volgende dag lag er meer rotzooi op straat dan na drie Koninginnedagen. Dit werd geduldig opgeruimd door een ploeg van vierhonderd vuilnismannen (Marokkanen, Turken, Liberianen, Egyptenaren en Albanezen) aan wie gevraagd werd of ze na het drinkgelag geen kater hadden. Het antwoord was nee omdat ze allemaal moslim waren. Affelay en Boulahrouz waren niet bij de huldiging omdat ze door hun verblijf in Zuid-Afrika nog niet etnisch geregistreerd waren. Ze waren op Schiphol onmiddellijk aangehouden en voorlopig vastgezet. 'Omdat het voor iedereen geldt,' verdedigde vicepremier Wilders de arrestatie van de beide Nederlanders. Toen men vroeg waarom de procedure op Schiphol zo lang duurde, antwoordde Geert dat de voetballers de meneer van de douane niet goed verstonden. Waarom niet? Hij kwam uit Limburg.

Budler

Een roedel schnabbelstudentes van Bavaria ontwricht het commerciële circus van de FIFA. David bezorgt Goliath een hoop jeuk. Goliath is in dit geval het Amerikaanse biermerk Budweiser. Hoe sneu kan je zijn? En hoe meedogenloos? Rond de Zuid-Afrikaanse stadions lopen normaal duizenden hongernegers lauwe blikjes lokaal bier en hapjes te verkopen. Die mensen moeten daarvan leven. Karig van leven. We hebben het over het absolute bestaansminimum. Dat doen ze al jaren. Eén keer in hun leven komt er een WK langs en kunnen ze echt wat verdienen, maar door de FIFA zijn ze verbannen. In een kring van anderhalve kilometer rond de stadions heerst de doodenge heer Blatter en mag uitsluitend bocht en rommel van de officiële sponsors worden verkocht. De Budweisers en andere Adidassen heersen vanuit hun hotelsuites en skyboxen. En ze zijn tevreden. Heel erg tevreden! Heerlijk om dat succes te hebben. Dat je al die sloebers van je terrein hebt kunnen weren. Wat is zakendoen toch leuk. Waterdichte contracten, dicht-

getimmerd door vadsige advocaten met torenhoge salarissen.
Daarom vind ik de actie van de Brabantse brouwer zo vrolijk. Een zootje lekkere meiden in een sexy jurkje hijsen en een patserig FIFA-feestje naar de filistijnen helpen. En in één klap ook nog eens wereldberoemd worden. Dat zijn acties waar ik van hou. Naar binnen als Deense supporters en je daar in een ruk ontpoppen als sexy Bavaria-babes. Onschuldig en grappig tegelijk.
Bij de oefenpotjes in Nederland ging het al mis. Toen deden de KNVB en Heineken heel chagrijnig. Ze mokten over juridische stappen en stadionverboden. Ik vrees dat de legendarische Freddy Heineken heeft liggen woelen in zijn graf. Advocaten? Stadionverbod? Zijn ze krankzinnig geworden? Freddy zou in zijn tijd hebben teruggeslagen met een vrolijke advertentie of een snel in elkaar geflanste commercial. Maar niet met advocaten. Ooit had hij in de Verenigde Staten een aanvaring met het Franse merk Kronenbourg, dat hem een publiciteitskunstje geflikt had. Hij plaatste een advertentie met de tekst: KRONENBOURG IS THE REASON FRENCH PEOPLE DRINK WINE! Dat is duidelijke taal.
Hoe erg moet het zijn als je opvolgers het oplossen met advocaten? Heel erg. Ik vrees dat er een grote kans is dat Nederland Heineken massaal de rug toekeert. Geen bier van sneue huilebalken. Voor mij is het geen probleem omdat ik sowieso alleen maar Grolsch tank. Dat zou trouwens best eens Bavaria kunnen worden. Al is

het maar omdat ik van die naam zo intens vrolijk wordt.
Maar die Budweiser heeft het natuurlijk nog veel bonter gemaakt en is in één keer de risee van de internationale bierwereld. Niemand neemt nog een slok van dat bittere spul. De brouwer zal miljoenen flesjes door de houdbaarheidsdatum zien gaan. En terecht. Een dikke patser die niet tegen zijn verlies kan en jonge meiden van hun bed laat lichten. En uren laat verhoren. Hoe sneu kan je zijn? De meisjes worden zelfs met gevangenisstraf bedreigd. Ik vrees dat dat wel los zal lopen en dat de familie Swinkels er alles aan zal doen om dit te voorkomen. Maar toch? Het is toch tragisch als commerciële bierratten dit soort meisjes de stuipen op hun mooie lijf kunnen jagen? Een geslaagde reclamegrap van een paar gemoedelijke brabo's uit Lieshout! Meer is het niet!
Heineken en Budweiser moeten aan de slag. Ze worden gezien als humorloze, gereformeerde zielenpoten die heel slecht tegen hun verlies kunnen en dat zijn ze natuurlijk ook. Bier drink je voor je lol en als het lekkere spul een vieze bijsmaak krijgt dan neem je een ander merk. Het zou me niet verbazen als dit simpele Bavaria-geintje Budweiser en Heineken honderden miljoenen gaat kosten. Niemand heeft meer trek in dat vocht van die terpentijnpissers uit Amerika en Zoeterwoude. Wegwezen met jullie humorloze directies en dito advocaten. En dan? Dan worden de zielige managers eruit geflikkerd. Geen medelijden, want ze hebben meestal

voor zichzelf prachtige oprotpremies geregeld. En meestal vindt dat spul ook wel weer een baantje. Waar? Bij BP misschien?

Niet gestoord

Ik probeer een middagdutje. Bij mij thuis lukt dat niet. Ik word gehinderd door een chronisch loeiende telefoon. Wie mij belt? Iedereen. Een commercieel radiostation vraagt of ik als BN'er iets wil zeggen over de rozenkrans van de inmiddels gelovige Wesley en of ik hem geloof. Of iets grappigs over Robben op Robbeneiland, mag ook. Of iets komisch, over de baard van Van der Vaart, of iets kritisch over de kutschetenconference van mijn collega Johan Derksen. Of iets grappigs, over andere zaken.
Waar zou u het over zou willen hebben? informeert de redacteur.
Ik wil graag Annemarie Jorritsma openlijk troosten. Ze hoeft niet bang te zijn dat ze in haar dorp Almere uitgekotst wordt. Ze stuit op louter begrip. Heel Almere wil namelijk terug naar Amsterdam. Of ik Jorritsma snap? Ja. Wie wil nou burgemeester van een Wildersgemeente zijn? En nu? Maastricht zoekt nog iemand.
Vraag me intussen af of je een stukje jodenkoek in een muizenval lokjodenkoek mag noemen en of je dus bin-

nenkort het woord lokjodenkoekenbakker op het scrabblebord mag leggen.
Vroeger zou ik dit getwitterd hebben. Maar dat wil ik niet meer. En ik wil niet op de radio. Ik wil slapen, rust, middagdutten. Ondertussen vaart er langs mijn huis een boot met een stuk of vijftig dikbuikige leeftijdgenoten, die allemaal heel hard op een vuvuzela toeteren. Ze zijn blij omdat Nederland door is. Lieve mannen die allemaal ergens diep in de provincie een vrouw thuis hebben. Ik vraag me af of het ooit de droom van die vrouw is geweest dat haar man na dertig jaar huwelijk knappend uit een veel te strak zittend oranje XXL T-shirt toeterend op een stuk plastic pijp door een Amsterdamse gracht vaart. Zal ze daar in het stadhuis bij hebben stilgestaan, toen ze 'ja' zei tegen deze loodgieter of puntlasser?
Ondertussen kan ik de middagslaap nog steeds niet vatten. Word wakker gebeld door iemand van de energiemaatschappij van Frans Bauer en Maurice de Hond met de vraag of ik wil overstappen. Daarna belt de Nuon of ik bij hen wil blijven, waarna Essent belt met een nog betere aanbieding. Ze praten allemaal op een toon alsof ik volslagen dement ben.
Daarna belt een crematiebabe met de vraag of ik al een uitvaartverzekering heb. Als ik mijn vrouw meeverzeker, krijg ik een tweede urn gratis. Hoe eerder ik doodga hoe minder premie ik betaal, reken ik het telefoonmeisje voor. Zij hoopt dat ik voorlopig niet doodga.
Omdat ik dan uiteindelijk meer premie betaal? Nee,

omdat ze bij de crematieclub van hun klanten houden. Ik kan mijn eigen uitvaart op maat regelen. Precies zoals ik het zelf wil.

Ik zeg dat ik het leuk zou vinden als iemand mijn as uit mijn urn toetert met een vuvuzela. Ik zeg dat ik wil slapen. Middagdutten.

Het lukt niet. Mijn zoon wil de auto lenen. Mijn dochter vraagt waar mijn fiets staat. Mijn vrouw wil oprechte aandacht en mijn kleinzoon wil naar Artis. En ik wil rust, rust en nog eens rust.

Afgelopen week wilde ik middagdutten in een Italiaans hotel, maar dat lukte toen ook niet. Of de minibar werd bijgevuld of de hotelnicht kwam een truttig welterustensnoepje op mijn kussen leggen of de hoteltechneut zette een boormachine in de muur van de kamer naast mij of de nationale voetbalploeg werd kansloos uitgeschakeld door een stuk of wat Slowaken. Een huilend en krijsend hotel!

Ik wil rust. Middagdutten. Niet gestoord worden. De oplossing lijkt me simpel. Op naar Minnertsga. Daar is bij een aardige familie inmiddels een bed vrij. Daar kun je in gaan liggen en als je tegen ze zegt dat je niet gestoord wilt worden, dan word je ook niet gestoord.

Het zijn Friezen en die respecteren die wens. Ik denk aan de man die vier jaar dood op zijn bed lag. Heerlijk! Zijn broers en zussen hebben rustig doorgeleefd. Volgens de krant waren ze sociaal zwak. Volgens mij niet. Volgens mij zijn ze sociaal sterk. IJzersterk zelfs.

Schaamliplezers

Dit stukje schrijf ik door privéomstandigheden al op woensdag. Dus als u dit leest is het Nederlands voetbalelftal er misschien door de Brazilianen al uitgeknikkerd. En is Nout Wellink afgetreden. Het eerste hoop ik niet. Over het tweede twijfel ik geen seconde. Wellink is weg! Die laat het niet bij een paar slappe excuses. Niet louter gemurmel over inschattingsfouten en zeker niet iets over de kennis van nu en de kennis van toen. Op dat soort geneuzel zit niemand te wachten. Gewoon wegwezen. Met het schaamrood op zijn kaken. Of bloos je op dat niveau niet meer? Anders begin ik morgen ook een bank. Heb in de loop der jaren genoeg aan familie en vrienden geleend om probleemloos een licentie te kunnen krijgen. Dat mijn administratie een complete chaos is, lijkt me voor De Nederlandsche Bank geen enkel probleem. Het is toch interessant dat die Wellink, die omgeven wordt door een staf van tientallen ooit afgestudeerde juristen en economen, niet door heeft gehad wat heel Nederland in één oogopslag zag. Iedereen voelde toch aan zijn water dat die Wognumse woekeraar een eersteklas oplichter was? Een Kooistra van de bovenste plank. Een engerd bij wie je zo ver mogelijk vandaan moest blijven. Weinigen deden dat. Zalm deed dat niet, Nijpels schurkte lekker knus tegen Dirk aan en Linschoten likte de hielen van zijn geitenwollen sokken zonder een vieze smaak in zijn mond te krijgen. Alleen Frank de Grave had bijtijds door dat hij in een roversnest was beland, maar die was te laf om dat echt hardop te roepen. Die trok zich diplomatiek terug en liet het daar bij. Wel slim van Rutte dat hij daar tijdens zijn verkiezingscampagne met geen woord over gerept heeft. Geen lettergreep over het feit hoe incompetent zijn vroegere partijtop is. Je kunt na zo'n gênant debacle dus probleemloos de grootste partij van Nederland worden. Vind ik grappig. Las wel dat de VVD op dit moment blutter dan blut is. De campagne was wat te duur uitgevallen. Denk dat Edje, Robin en Gerrit in de kascommissie zaten. Vroeger belde Rutte naar Nijpels en Linschoten met de vraag of Dirk nog wat in kas had. Maar helaas. En Zalm zit nu ook bij een club waarvan hij de roestige bodem van de geldkist doorlopend in beeld heeft.

Geestig dat nu blijkt dat alle desastreuze cijfers ten tijde van het verlenen van de bankvergunning aan de DSB meer dan bekend waren. Interessant dat de organisatie van Dirk ook nog eens middeleeuws dictatoriaal was en echt aan alle kanten rammelde. Wellink heeft hier met zijn staf toch over vergaderd? Mensen hebben toch advies uitgebracht? Er zijn toch rapporten geschreven?

We hebben het over De Nederlandsche Bank! Een club ambtenaren die ook Icesave probleemloos een vergunning gaf. Vrees dat ze daar op het Amsterdamse Frederiksplein goed kunnen toepen en nog beter klaverjassen.
Ondertussen gaat het leven door. Koning Voetbal heerst en dicteert. Iedereen is gek. Gewoon leuk voetbalgek, maar af en toe totaal krankzinnig. Van Persie mompelt bij een wissel iets ontevredens tegen de bondscoach, liplezers bestuderen de beelden serieus en vertellen aan journalisten wat Robin precies zei. Die woorden zijn nieuws. Heet nieuws zelfs. Kokendheet nieuws! Bert Maalderink hijgt zich met een spontane erectie richting de bondscoach. Bert spreekt Bert! Hij zoekt een relletje. Gelukkig is Van Marwijk te nuchter en te ervaren om op dit soort treurig sensatiegezoek in te gaan. Op tv discussiëren volwassen mannen nog een paar uurtjes over de woorden van Robin, die vond dat niet hij, maar Wesley gewisseld moest worden. Sneijder wordt gebeld, Yolanthe wordt gepolst, Huntelaar moet zijn mening geven, Balkenende overweegt een sms, maar weet nog niet aan wie. Voetbalkrankzinnigheid ten top. Vannacht had ik een leuke droom: na de wedstrijd tegen de Brazilianen belde ik Nout Wellink met de vraag wat de uitslag was. Hij had geen idee. Niet gekeken? Ja, wel gekeken, maar niks gezien!

Focus pocus

Mooi als een heel land koorts heeft. Hoge koorts zelfs. Nederland ijlt. Als het Nederlands elftal zondagavond de wereldbeker wint, vrees ik een collectieve psychose. Of ze winnen? Zou zomaar kunnen. Zal Bert van Marwijk al stiekem een speech oefenen? Iets in de stijl van Louis? Dat we niet alleen kampioen van de wereld zijn, maar ook van Denemarken, Kameroen, Japan, Slowakije, Brazilië, Uruguay en Spanje? Denk het niet. Denk dat Bert het zo beschaafd houdt als de afgelopen weken. Rustig en realistisch.
Veel mensen vinden Bert saai. Ik niet. Ik zie een man die bezig is met zijn vak. Geen tijd voor tierelantijnen, liplezers en ander geneuzel. Dat is voor op relletjes beluste journalisten.
Bert heeft zich niks aangetrokken van dit soort wiggendrijvers. Hij heeft maar één doel: de wereldbeker. En ik vrees dat hij een grote kans heeft om dat ding mee naar Amsterdam te nemen. Grotere kans dan in de vorige finales? Nee. Het is en blijft voetbal. Een ronde bal en een hoop geluk. Een simpele paal kan veel tegen-

houden. Vraag maar aan Rob Rensenbrink. En daarna wil ik de woorden focus en missie vier jaar lang niet meer horen.

Waarom is een WK elke keer toch zo leuk? Om alles. Omdat het om een spelletje gaat waar iedereen verstand van heeft. Nederland telt 15 miljoen bondscoaches, die allemaal een andere opstelling in hun hoofd hebben. En zeker een andere tactiek. Daar mogen we met elkaar graag over praten. Als Nederland verliest dan leggen we allemaal uit waar het misging. We hebben op dat moment allemaal het grootste gelijk van de wereld.

Het is leuk omdat er elke keer gedoe is over de wedstrijdbal, die bij ieder WK niet deugt. Hij is te zwaar of te licht of hij zwabbert te veel, of hij is te glad of te stroef of wat dan ook. Vooral de spitsen die naast schieten mogen graag klagen. De jongens die hem in de kruising lellen zeggen nergens last van te hebben.

En een WK is leuk door alles eromheen. De wekenlange discussie over het wel of niet meenemen van Van Nistelrooij, de zonnebril van Yolanthe, de blessure van Robben met zijn wonderfysio, het dansje van Yolanthe, de kleedkamerteksten van de Fransen, het juichen van Yolanthe, het absolute doelpunt van de Engelsen, de tattoo van Yolanthe, het gedoe over wel of geen camera op de doellijn, het huwelijk van Yolanthe, de complete gekte van een knuffelende Maradona, de zussen van Yolanthe, het duivelse handje van Suarez, de exen van Yolanthe, de ontroostbare Ghanezen en de inktvis met zijn voorspellende gaven. Het vrolijkst werd ik van het bericht dat de paranormale octopus inmiddels bedreigd is door Duitse supporters, omdat hij voor de halve finale Spanje als winnaar had aangewezen. Begrijp ook dat hij nu voor deze finale op de mossel van Spanje is gaan zitten.

Neemt u van mij aan: inktvissen zitten er ook nog wel eens naast. Zeker Duitse inktvissen. En in 2008 had hij alles goed, behalve de finale.

Interessanter vind ik de vraag wie er ooit achterkwam dat het beest helderziend was. Welke oppasser heeft ooit als eerste die gemerkte mosselen in zijn aquarium gelegd? Hoe dronken moet je zijn om dat te verzinnen? Een Chinese kanarie heeft inmiddels Nederland als winnaar aangewezen. Ik vertrouw op hem. Allemaal Focus pocus.

Als Argentinië de cup had gewonnen zou Maradona naakt door de straten van Buenos Aires rennen. Dat beeld is ons dankzij de Duitsers bespaard gebleven. Karin Bloemen heeft ook gedreigd. Als dat maar geen reden voor onze jongens is om alsnog naast te schieten. Dinsdag is de officiële huldiging. SBS heeft de rechten. Dus je ziet je woonboot niet zinken in het NOS *Journaal*, maar in *Hart van Nederland*. Ik droomde van een woonbootbewoner die na Spaanse winst een groot spandoek op zijn boot hing met de tekst: FIFA ESPAGÑA!

Oranje blanje beu

Geestig dat er in Obdam, een dorp ergens diep in de Noord-Hollandse jungle, een pastoor geschorst is omdat hij op de zondag van de finale een zogenaamde Oranjemis heeft opgedragen. Hij heeft staand op het altaar de bal hooggehouden terwijl de wave door de kerkbanken ging. De orgelpijpen waren vuvuzela's, de miswijn was Budweiser-bier en de hosties waren vervangen door worstenbroodjes. Verder hing Jezus in een oranje luier aan zijn kruis. Op YouTube zag ik dat de kerk stampvol zat. De kerkgangers hadden allemaal van die treurige vlaggetjes op hun wangen. Oranjesupporters dus. Afgelopen dinsdag sjouwden ze weer door onze hoofdstad omdat hun helden een rondvaart door de grachten maakten. De broedende waterhoentjes, de broodzoekende eenden en zacht door het waterglijdende zwanen waren van slag.
'Dat is toch alleen voor kampioenen?' vroeg de zwaan aan het waterhoen.
'Dat heb ik ook altijd van mijn ouders gehoord,' bemoeide het kleine eendje zich ermee. Al gauw ging het

over de verse burgemeester Eberhard, die nog een beetje nerveus was voor zijn eerste grote evenement en de massa wilde spreiden. Vandaar de rondvaart.

'Maar dan beledig je toch de kampioenen uit '88?' opperde het waterhoen. 'Dit is toch heel frustrerend voor die jongens van toen!'

'Huldigingsinflatie,' sprak de oude zwaan goedmoedig. Hij vroeg zich af waarom de bestuursleden van de KNVB dit wilden.

'De oude Michels, de grote voetbalgeneraal, kijkt van boven diep verdrietig toe,' stamelde het oude waterhoen, dat van allerlei supportersafval een oranje nest bouwde. Een donzig klein eendje piepte of dit het Nederlands elftal was, maar zijn vader bromde op Amsterdamse toon: 'Nee, Gelekaartclub Schoppen Troef.'

'En wat doen ze dan als ze ooit echt wereldkampioen worden?' vroeg de vrouwtjeszwaan bescheiden.

Niemand wist het. Het enige waar iedereen het over eens was, was dat de nieuwe burgemeester geen verstand van sport heeft omdat je een tweede plaats niet zo uitbundig huldigt en dat het bestuur van de KNVB niet van echte kampioenen houdt. Anders hadden ze de ploeg uit 1988 niet zo diep gekwetst.

'Wat vindt u?' vroegen ze aan de oude wijze reiger, die vanaf een zenuwachtige woonboot rustend op één poot had staan luisteren.

'Ik vind niks,' sprak de oude reiger. 'Het is al raar dat ik als reiger al jaren volledig mak in de stad verblijf en dat ik dit dronken geschreeuw van die met dikke buiken gevulde brulshirts probleemloos aankan. Ik vlieg nergens meer van op. Het enige dat ik weet is dat de mensen behoefte hebben aan dom feesten. Zoveel mogelijk carnaval, Elfstedentocht en Koninginnedag tegelijk. Zuipen en lallen. Dan zijn ze zielsgelukkig. De werkelijke prestatie doet er niet toe. Niet alleen bij het domme supportersvolk, maar ook bij de burgemeester en de bestuursleden. Het gaat om geld. Massa's mensen! Massa's zijn goed voor de sponsors, omdat die massa's dan allemaal tegelijk hun naam lezen. Als ze kunnen lezen. Het betekent het absolute einde van deze beschaving. Als zelfs de noodlijdende kerk Oranjemissen gaat opdragen om het hoofd boven water te kunnen houden, dan weet je dat we aan het eind zitten. Salarissen van voetballers van negen miljoen euro per uur, de vrouw van Wesley die belangrijker is dan het spel van Wesley, stadions in Afrika zonder negers omdat die de toegangsprijzen van 900 dollar voor het goedkoopste kaartje niet kunnen betalen, de kickbokser Nigel de Jong die slechts een gele kaart in plaats van negen jaar Robbeneiland voor zijn moordaanslag krijgt en de blatende Blatter die ijdelgeil handjes komt schudden voor de finale... Het is klaar en ik voorspel het einde van deze beschaving!'

'Echt?' riepen de eendjes. 'Hoe kom je aan die wijsheid?'

'Ach,' zei de oude reiger terwijl hij zijn vleugels spreidde om een paar weken met vakantie te gaan, 'ik heb het ook niet van mezelf. Ik hoorde dit vannacht van ie-

mand op de bodem van de Herengracht!'
'Van wie?' kwetterden de vogels.
'Van een oude octopus!'

Rikketikritmestoornis

Toen mijn rikketik ooit rakketak deed, werd ik daar na een paar uur knap moe van en zei de huisarts dat ik naar het ziekenhuis moest. Het was een rikketikritmestoornis en op het moment dat een vrolijke zuster een prikje in mijn arm gaf om bloed af te tappen, stopte het rakketakken en ging hij weer keurig rikketikken. Moest mij toch maar even melden bij een cardioloog. Met spoed? Dat niet, wel haast. Volgende dag gebeld en 6 juni mocht ik komen. Ik belde op 17 maart. Van schrik sloeg mijn rikketik weer op hol, zij het dat hij nu rukketukte in plaats van rakketakte. Variatie dus. Dit ging vanzelf over.

Tot 6 juni rikketikte hij volgens de regels en de cardioloog legde middels een tekeningetje uit wat een rikketikritmestoornis precies inhoudt. Ik knikte dat ik het begreep, zodat ik weer snel naar buiten mocht. Moest wel naar een paar balies om nieuwe afspraken te maken. Ik moest fietsen, rennen en nog aan een of ander apparaat. Bij de een kon ik al op 8 juni terecht. Ik was meteen enthousiast, maar hoorde toen pas dat het over een

jaar later ging. De andere onderzoeken vonden dat zelfde jaar nog plaats. September en de week tussen kerst en oud & nieuw. Na 8 juni het jaar erop zou alles naar de cardioloog gestuurd worden en dan zou ik gebeld worden voor een nieuwe afspraak.
'U kunt de uitslag natuurlijk ook gewoon in mijn zerk beitelen,' stelde ik de baliemevrouw voor. Zij kon deze humor niet waarderen. Of ik wel wist hoe druk het was en hoe goed ze haar best deed om het iedereen naar de zin te maken? Ik bood onmiddellijk mijn excuses aan. Bang dat ook haar rikketik zou gaan rokketokken. Ik heb me keurig in september gemeld en met plakkers op mijn borst tussen allerhande andere bejaarden op een loopband gerend. Tussen kerst en oud & nieuw was ik te ver van het ziekenhuis en werd mijn afspraak naar mijn zomervakantie verplaatst. Toen zat ik in Italië, waarna ik moest verschijnen op een dag dat ik aan het skiën was. Toen heb ik het maar laten zitten. De andere afspraak in juni heb ik sowieso maar laten zitten en de uiteindelijke afspraak met de cardioloog ging niet door omdat de man rikketikproblemen in de privésfeer had. Zijn hart was van slag geraakt voor een ander dan zijn vrouw. Een jongeman wel te verstaan. Later heeft de dokter zijn rikketik zelf laten stoppen door aan een boom te gaan hangen. En mijn rikketik rikketikt ondertussen al jaren gestaag verder. Deskundigen zeggen dat je er niet dood aan gaat, maar dat ze je wel vanuit je lies kunnen opereren en dat je dat dan op een scherm kunt zien. Onlangs vertelde een vriend dat hij een vuri-

ge verhouding met de vrouw van de overleden cardioloog heeft. Het was liefde op het eerste gezicht. Hij dacht eerst dat zijn rikketik haperde. Hij was vooral van slag omdat hij tot dan toe praktiserend nicht was. En hij was blij dat ze vrij was en alle tijd voor hem had. Geen wachtlijst.

Colofon

Ware woorden van Youp van't Hek werd in de herfst van 2010, in opdracht van Uitgeverij Thomas Rap te Amsterdam, gezet uit de Minion door CeevanWee, Amsterdam en gedrukt bij drukkerij Wöhrmann, Zutphen.

Omslag: Rudo Hartman

De columns verschenen eerder in *NRC Handelsblad* en *Hollands Diep.*

ISBN 978 90 6005 961 6